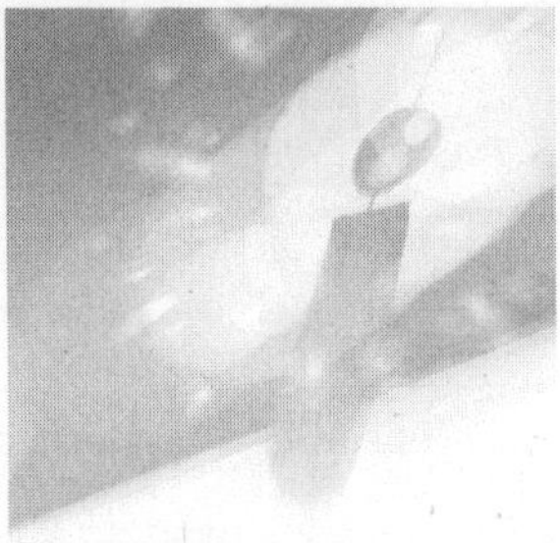

Niyama

Das hier ist mein zweiter Manga und ein Spin-off von „Mujaki na Wanko to Nekokaburi". Ich wünsche euch viel Spaß mit diesem – im Vergleich zu meinem Vorgängerwerk – ganz anderen Pärchen.

my pretty
policeman

my pretty policeman

Niyama

Inhalt

KAUFLADEN TAJIMA
ZIIIRP
ZIIIRP ZIZIRP
SCHWEEEL
D-I-R-I-N-G
FRSCH FRSCH
ZZZZ
KAPITEL 1
ZIIIRP ZIRP
BWWNNN
SCHNÜFFEL
1 2 3 0
TAPP
3 0
KLICK
SCHWEEEL
FWP
DRIBB
DRIBB

STICH
BLINZEL
HN!
...
SCHWEI
FWIP
TRIEF
SCHWITZ
DIESE HITZE ...

DAMPF
DÜNST
SHNN
DA HABEN WIR JA DEN ÜBELTÄTER.
DEIN FELL BLEIBT MIR AN DER BACKE KLEBEN ...
SCHNUUUURRR
TIRING
TIRING
URCH ... URCH ...
TIRING
HALLO UND IMMER HEREIN ...
ACH, DU BIST'S, SHIN.
HALLO, SEIJI.
SHIN NAKAMOTO (30)

ICH FÜRCHTE, DER GETRÄNKEAUTOMAT DRAUSSEN SPINNT.
SCHWUPP
DIE KLEINE HIER MEINT, ES KOMMT NICHTS RAUS.
HM?
HILFEEE!
ICH HAB GELD REINGEWORFEN, ABER NICHTS PASSIERT.
DIE TASTE LEUCHTET AUCH NICHT AUF.
HMM ... OH!
WIE VIEL HAST DU DENN REINGETAN?
100 YEN* ...
ACH? NA, DANN IST ALLES KLAR.

*CA. 80 CENT

EISKAKAO
MIT FRISCHER SAHNE AUS HOKKAIDO
KAKAOGETRÄNK
¥110
GEKÜHLT
TUT MIR LEID, …
… ABER ICH HAB DIE PREISE VOR KURZEM UM 10 YEN ERHÖHT.
ACH SO.
DANN MUSS ICH NOCH MAL HEIM …
HAB ICH GAR NICHT BEMERKT.
WARTE MAL KURZ, JUNGE DAME.
WPP
WPP
WIPP
SRRZ
NANU?
ETWA HIER?
KRRM
WIPP
SSWT
AH!
KAKLINK
IN BETRIEB
10
YEN
Kein Wechselgeld
Keine Scheinannahme
Keine 10-Yen-Münzen übrig
Keine 100-Yen-Münzen übrig
BIEP

BITTE SCHÖN.
STRAHL
ECHT?!
DANKE SCHÖN!
TSCHÜÜÜS!
WAS BIST DU DOCH FÜR EIN NETTER KERL.
STUPS STUPS
UND WEIL DU SO NETT BIST, KRIEGST DU 10 YEN!
HIER.
IST DOCH NICHT NÖTIG.

TIRING
SIEH'S EINFACH ALS TASCHEN-GELD AN.
KOMM REIN UND GÖNN DIR EIN GLAS GERSTENTEE.
TASCHEN-GELD ...
FINDEST DU DICH IN DER GEGEND HIER INZWISCHEN ZURECHT?
JA, SO IM GROSSEN UND GAN-ZEN ...
DONK
AU.
1,90 M
VORSICHT! DU WILLST DOCH KEINEN KAHLSCHLAG KRIEGEN.
ABER DASS DU MAL POLIZIST WERDEN WÜRDEST, HÄTT ICH ECHT NICHT GEDACHT.
DAS ERSTAUNT MICH IMMER NOCH.
FWUTSCH
SAG BLOSS, DU HAST DEN WEG NUR EIN-GESCHLAGEN, ...
GRINS
... WEIL DU MIR NACHEIFERN WOLLTEST?

HMMM?
...
GRIIINS
FWOMP
WAS HEISST DENN NACHEIFERN?
WIE JETZT? NULL REAKTION?
AUF EINMAL ...
... HATTEST DU DEN DIENST QUITTIERT UND WARST WEG.
ICH HATTE GAR NICHT DIE CHANCE, DIR NACHZUEIFERN.
KAKLONK
TJA, AUCH WIEDER WAHR.
ES STIMMT.
KLACK
GLUCKER

BIS ZU MEINEM 31. LEBENSJAHR VOR ACHT JAHREN WAR ICH BEI DER POLIZEI.
KAUFLADEN TAJIMA
JETZT FÜHRE ICH DEN KLEINEN LADEN, DER MAL MEINEN ELTERN GEHÖRTE.
GLUCK
GLUCK
HIER.
KRRRK
HOPP.
ZU ZUNK
KLACK
...
HATTE DEINE VERLETZUNG ...
BWWNN
... WAS DAMIT ZU TUN, DASS DU DEN JOB ...
FLAPP
FLAPP
BWOOO
... AN DEN NAGEL GEHÄNGT HAST?

HÄÄH?
DACHTEST DU IM ERNST, ICH HÄTTE DIE POLIZEIARBEIT AUFGEGEBEN, ...
... WEIL ICH DAMALS VERLETZT WURDE?
EIS
NICHT DOCH. DAS LAG AN DER KRANKHEIT MEINER MUTTER.
FRSSSCH
JEMAND MUSSTE SICH SOWOHL UM SIE ALS AUCH UM DEN LADEN KÜMMERN.
ES GAB NUR MEINE MUTTER UND MICH.

FUAAAH
KEIN GRUND ALSO, SICH EINEN KOPF ZU MACHEN.
FRSCH
ES WAR MEINE FREIE ENTSCHEIDUNG.
NA LOS, TRINK AUS, UND DANN ZURÜCK AN DIE ARBEIT MIT DIR.
PATSCH
AUA.
OKAY.
GLUCK
PAPPSÜSS!
TRIEF
SÄUFST DU DAS ZEUG ETWA IMMER NOCH MIT ZUCKER?
WENN DU DAVON MAL KEIN DIABETES KRIEGST ...
ZIRP
DAS IST UNSER ALTEHRWÜRDIGES FAMILIENREZEPT!
ALSO HALT BLOSS DIE KLAPPE!
ZIRP
ZIRP

SORGEN WIR GEMEINSAM FÜR DIE SICHERHE UNSERER
HERR MOTSU (53)
ZIIRP ZIRP
ZIRP
MEINE GÜTE, IST DAS WIEDER HEISS HEUTE!
FWAPP FWAPP
DIESE TAGTÄGLICHE HITZE HÄNGT MIR SCHON ZUM HALS RAUS.
MÖCHTEN SIE GERSTENTEE ODER KAFFEE?
OH!
GERSTEN-TEE, BITTE!
IST DER SÜSS!
DER SCHMECKT JA GLATT, WIE SEIJI IHN IMMER GEMACHT HAT!
* IST SEIJIS EHEMALIGER VORGESETZTER
DAS WAR MEINE ABSICHT.
KARARANG
ENT-SCHUL-DIGUNG!
ÄHM, ICH SUCHE ...
... EINEN GANZ GROSSEN POLIZIS-TEN ...
OH!
ACH, ...
... DIE KLEINE VON EBEN.

FUNKEL
DU WILLST MIR DIE ZURÜCK-GEBEN?
WENN MAN SICH WAS BORGT, MUSS MAN'S DOCH AUCH WIEDER ZURÜCKGEBEN.
TJA, DA HAST DU RECHT.
VORBILDLICH!
NA DANN ...
DANKE, DASS DU EXTRA HER-GEKOMMEN BIST.
NA, DIE HAT JA SCHWER VERLIEBT AUSGESEHEN.
TSCHÜS
HÄ?
?!
IST DAS NICHT EIN GLÜCK, DASS DU SO EINE ENTZÜCKENDE FREUNDIN GE-FUNDEN HAST?
HA HA HA
FWAPP FWAPP

DAS WÄRE DOCH STRAFBAR ...
HA HA HA!
JETZT HAB ICH ABER SCHON 10 YEN VON SEIJI BEKOMMEN.
ICH KÖNNTE SIE IHM AUF DEM HEIMWEG ZURÜCKGEBEN.
DIE ANDERE, DRECKIGE MÜNZE.
IST DAS HEISS.
MORGEN, ALLE MITEINANDER!
GUTEN MORGEN, HERR MAKI.
MOIN! *
HERR MAKI (35)
DEINE GRÖSSE IST WIE IMMER EINSCHÜCHTERND.
TUT MIR LEID.
DAMIT ÜBERGEB ICH AN DICH, SHIN.
RUHIGE RUNDE, WÜNSCH ICH.
DANKE.
* SAGT HERR MOTSU
KTSCH
ICH ZERGEHE.
FLIRR
FLIRR
ACH JA! SHIN!
SORRY, ABER KÖNNTEST DU SEIJI SPÄTER AUF DEM RÜCKWEG ZUR WACHE ...
ZIIIRP
ZIRP
... WAS VON MIR AUSRICHTEN?

KAUFLADEN TAJIMA
ZIRP ZIRP
ZIRP
ZIRP
ZIIIRP
UND DESWEGEN KOMMST DU EXTRA VORBEI?
SIND DOCH NUR 10 YEN. IHR SEID SO ANSTÄNDIG, …
… DU UND DIE KLEINE.
GAR NICHT WIE DIE ANDEREN KINDER HEUTZUTAGE.
ZÄHLT ER MICH JETZT ZU DEN KINDERN?
TJA, ABER …
… ICH NEHM SIE NATÜRLICH GERNE AN.
BIST EIN BRAVER JUNGE.
DANKE.
ABER SPÄTER ZURÜCK-VERLANGEN IST NICHT, KLAR?
MACH ICH SCHON NICHT.
SWUPP

UND ...
ICH SOLL DIR WAS VON HERRN MAKI AUSRICHTEN.
ER NIMMT DOCH NICHT AM STÄDTISCHEN KENNENLERN-EVENT TEIL.
TUT MIR SOOO LEID!
SIND EHEMALIGE KOLLEGEN
ER SAGTE WAS VON EINER SINGLE-PARTY MIT KRANKEN-SCHWESTERN.
KRANKEN-SCHWESTERN?! VOLL UNFAIR!
DER MISTKERL! DAS ZAHL ICH IHM NOCH HEIM!
DAS DARF NICHT WAHR SEIN!
JETZT HABEN WIR DOCH ZU WENIG MÄNNER!
HAACH
DU VERANSTALTEST EINE KENNENLERN-PARTY?
NEIN, NICHT ICH, DER INDUSTRIE- UND HANDELSVERBAND. ICH MUSS BLOSS DABEI AUSHELFEN.
HUCH
ALSO ICH MUSS DANN WIEDER ...
... LO...
GLOMP
ACH, SHIN, DU MEIN ALLERLIEBSTER! ♡

DU ENT-KOMMST MIR NICHT.
WILLST DU NICHT ANSTELLE VON IHM TEILNEHMEN?
OH!
ODER HAST DU EINE FREUN-DIN?
NEIN, HAB ICH NICHT, ABER ...
NA, WAS? GIBT'S DA ETWA WEN, AUF DEN DU STEHST?
BDUMM
ACH JA, ICH HAB DICH JA NOCH NIE GEFRAGT, WELCHER TYP FRAU DIR EIGENTLICH GEFÄLLT.
WIE SIEHT DENN DEIN TYP AUS?
VIELLEICHT IST JA EINE FÜR DICH DABEI.
AUF DICH FAHREN SIE SICHER AB.
POFF
POFF
PUH ...
HAACH
ICH BIN FÜR DIE BLOSS EIN BALD 40-JÄHRIGER, ABGEWRACKTER KAUFLADEN-BESITZER.
DIE LASSEN MICH VÖLLIG LINKS LIEGEN.

ACH, ICH FRAG MICH, OB ICH NICHT LIEBER …
BOHR
BOHR
… AUF MÄNNER UMSATTELN SOLLTE.
MIAU
FUH
?!
HÄ? STEHST DU … AUF MÄNNER, SEIJI?
MIAU
FWUPP
HM?
OH.
NEIN, ICH NICHT, ABER FREUNDE VON MIR. ICH HAB DIE BEIDEN ZUSAMMEN-GEBRACHT.
AHA …

SIE VERSTEHEN SICH NOCH IMMER BESTENS.
ZUCK
WENN ICH DIE SEHE, DENK ICH MIR, HEY, EVENTUELL WÜRD'S JA BEI MIR AUCH MIT 'NEM MANN BESSER KLAPPEN.
KLEINER SCHERZ.
DAS WAR BEI DER LETZTEN KENNENLERN-PARTY.
ES IST NÄCHSTE WOCHE SAMSTAG. ÜBERLEG'S DIR.
ABER DU MUSST DICH ZU NICHTS ZWING...
ZIIIRP ZIRP
ZIZII IRP
SLIPP
TAPP
MIAAU
SEIJI ...
OH!
SORRY, DASS ICH DICH SO LANGE AUFGEHALTEN HAB.

ZIIIRP
ZIRP
ZIZI,
IRP

DIRING
DIRING
ZIIIRP
ZIRP
ZIRP
TAPP
TAPP
AUF INS SCHWIMM-BAD!
WUHU! SCHWIMM-BAD!
ZIIIRP
ZIZIIIRP
TA
TA
TAPP
HA HA HA HA!
WILLST DU …
HAH
… WIRKLICH AUF MÄNNER UMSTEIGEN?

GRP
DANN …
ZUCK
SSWT
WAS IST JETZT LOS?
ZUCK
TIPP
… NIMM MICH.
WAS?
HEY, …
… SHIN …
KLATTER
WAS PASSIERT HIER GERADE?
ICH LIEBE DICH …

… SCHON GANZ LANGE.
HÄ?
NIMM LIEBER MICH …
… ALS IRGENDEINEN UNBEKANNTEN.
TIRING
TIRING
BDUMM
BDUMM

FLITZ
SWUSCH
DAS WAR KNAPP.
GUTEN TAG.
KARANG
ACH, SIEH AN, ...
... DER HERR POLIZIST. GUTEN TAG.
ALSO WIRKLICH.
ZIRP ZIRP
NA, SEIJI, SAG MAL, ...
... IST DER GETRÄNKEAUTOMAT DRAUSSEN ETWA KAPUTT?
ZIIIIRP
ZIIIRP
TWOMP
ZIRP ZIRP
BO DOM
BO DOM
BO DOM
HAHAHA.
DIESE HITZE IST WIRKLICH FURCHTBAR, NICHT WAHR?
UND SIE ARMER KERL SIND AUCH NOCH SO GROSS UND NOCH NÄHER DRAN AN DER SONNE.
NICK
ALSO DANN, ...
... NEHMEN SIE SICH IN ACHT VOR EINBRECHERN UND DIEBEN.
IN LETZTER ZEIT HÄUFEN SICH DIE FÄLLE NÄMLICH.
ZIIIRP
ZIRP
ZIRP
ZIIIRP
ZIIIRP
ZIRP
ZIRP
EIS

DANKE, DAS WERDEN WIR.
SWUMP
HA ... ... HAHA ...
ICH SOLL MICH VOR EINBRECHERN UND DIEBEN IN ACHT NEHMEN?
DU BIST DOCH DER DIEB HIER!
DU HAST MIR EINEN VERDAMMTEN KUSS GE-STOHLEN!!!
ZIIIRP
ZIRP ZIIIRP
KAUFLADEN TAJIMA
TAJIMA
DI...
DIIIEB!!!
UM HIMMELS WILLEN, WAS SOLL DENN DAS?! HAT DICH DIE HITZE VERRÜCKT GEMACHT?!
FLIRR
ZIIIRP ZIZIRP
KRIK KRIK

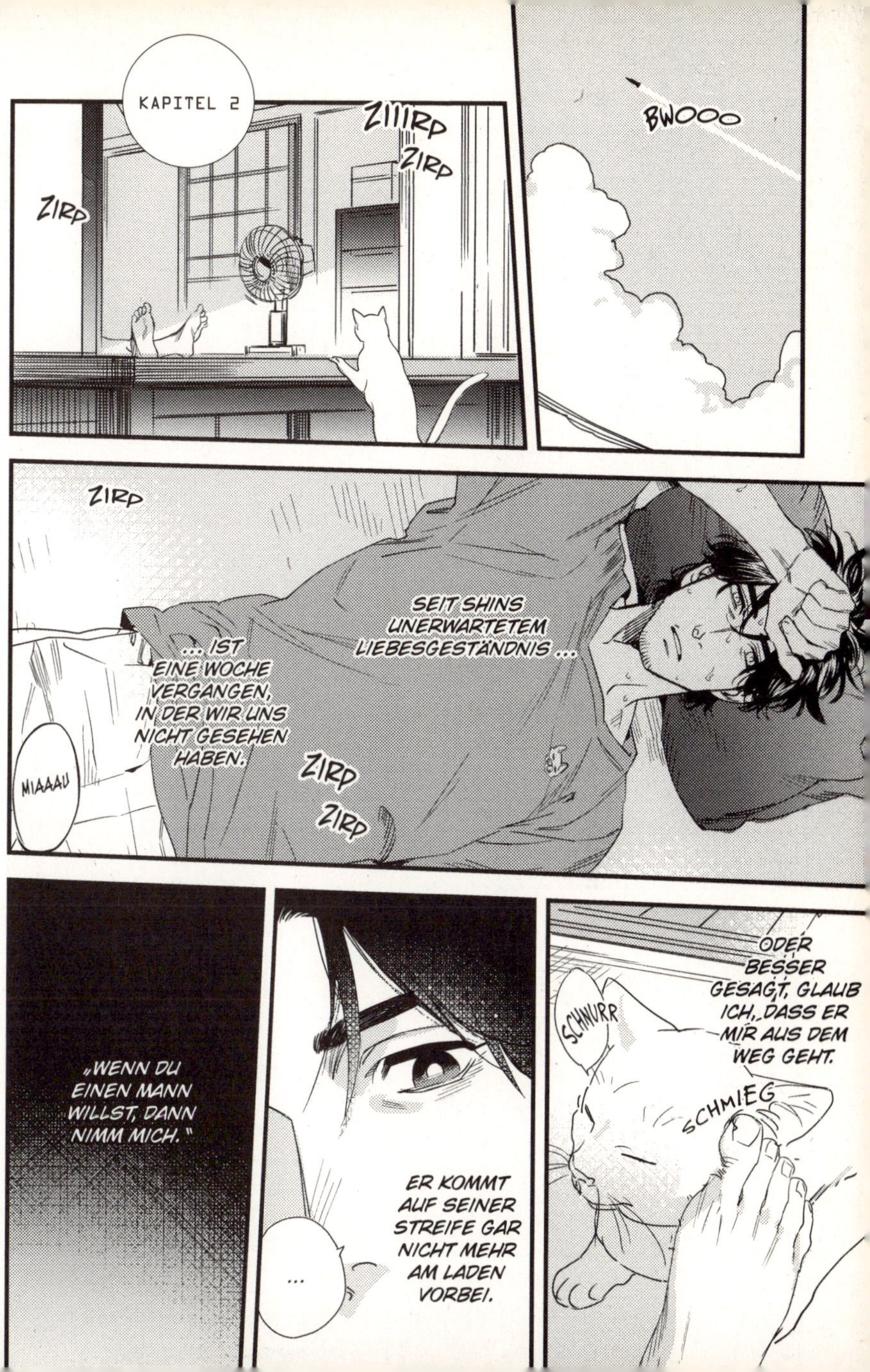
BWOOO
KAPITEL 2
ZIIIRP
ZIRP
ZIRP
ZIRP
SEIT SHINS UNERWARTETEM LIEBESGESTÄNDNIS …
… IST EINE WOCHE VERGANGEN, IN DER WIR UNS NICHT GESEHEN HABEN.
ZIRP
ZIRP
MIAAAU
ODER BESSER GESAGT, GLAUB ICH, DASS ER MIR AUS DEM WEG GEHT.
SCHNURR
SCHMIEG
ER KOMMT AUF SEINER STREIFE GAR NICHT MEHR AM LADEN VORBEI.
…
„WENN DU EINEN MANN WILLST, DANN NIMM MICH."

„ICH LIEBE DICH ..."
„... SCHON GANZ LANGE."
WAAAH !!!
FCHHHH
STILLE
BWNN
HN ...!
HAACH ...
FRSCH

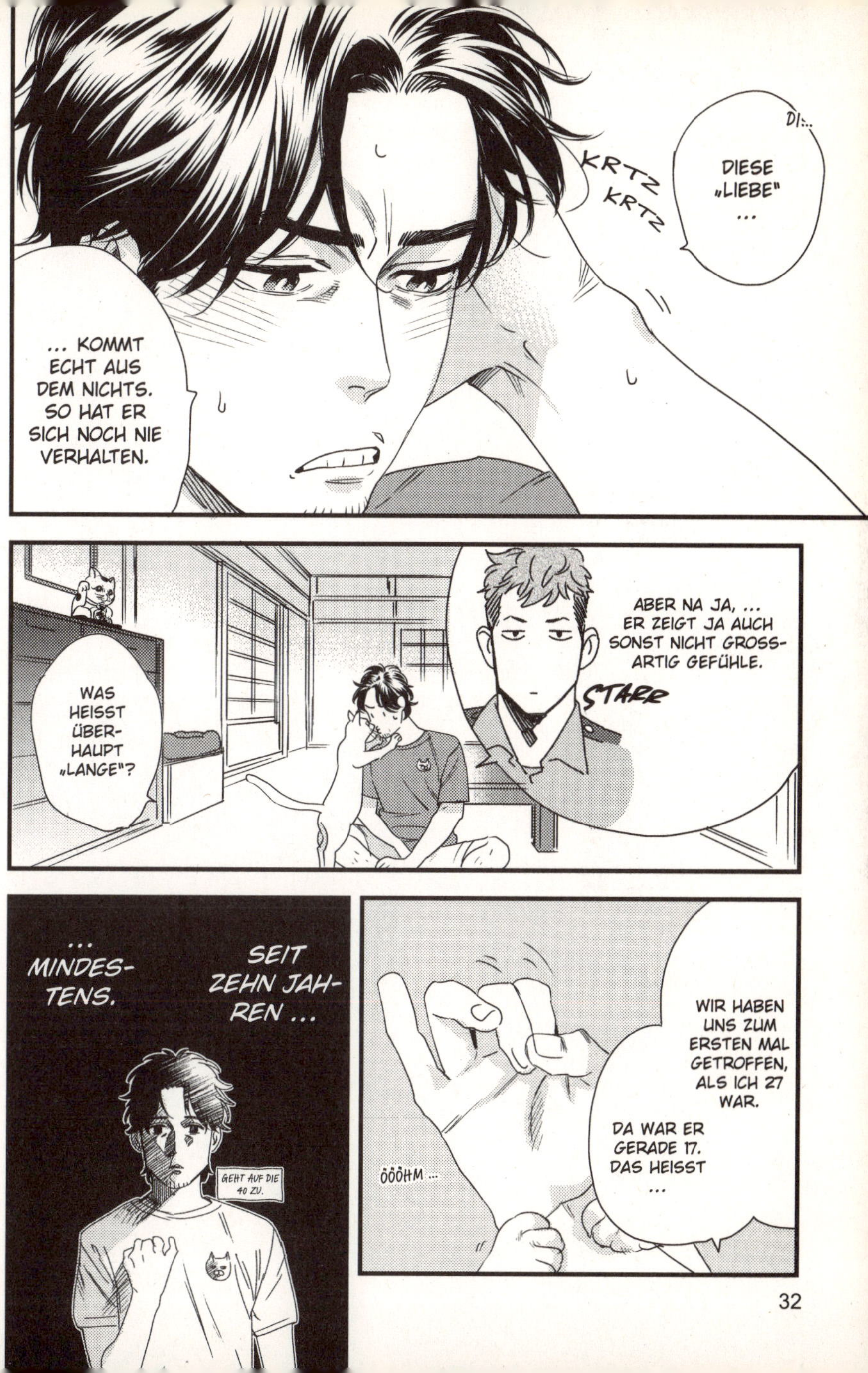
DI...
DIESE „LIEBE" ...
KRTZ KRTZ
... KOMMT ECHT AUS DEM NICHTS. SO HAT ER SICH NOCH NIE VERHALTEN.
ABER NA JA, ... ER ZEIGT JA AUCH SONST NICHT GROSS-ARTIG GEFÜHLE.
STARR
WAS HEISST ÜBER-HAUPT „LANGE"?
WIR HABEN UNS ZUM ERSTEN MAL GETROFFEN, ALS ICH 27 WAR.
DA WAR ER GERADE 17. DAS HEISST ...
ÖÖÖHM ...
SEIT ZEHN JAH-REN ...
... MINDES-TENS.
GEHT AUF DIE 40 ZU.

ZEHN JAHRE!!! DAS IST JA EINE IRRE AUSDAUER!
BIN ICH HIER BEI DER VERSTECKTEN KAMERA?!
?!
?!
ALLERDINGS IST ER NICHT DER TYP FÜR SOLCHE SCHERZE.
UND ES SAH AUCH NICHT DANACH AUS, ALS WÜRDE ER WITZE MACHEN.
ER WAR SO ...
„SEIJI ...“
MEIN ERSTER KUSS ♥ SEIT EWIGKEITEN UND DANN AUCH NOCH ...
... MIT SHIN ...
ICH WERD SCHON ROT, WENN ICH NUR DRAN DENKE.
BRRR
BRRR
BRRR
HAACH
FWUPP
WAS SOLL ICH DENN JETZT MACHEN?

ZEHN JAHRE …
SEIT ÜBER ZEHN JAHREN IST ER ALSO SCHON IN MICH …
SCHWUPP
WAS BIN ICH DOCH FÜR EIN ÜBLER HERZENSBRECHER
STIMMT'S, CHIKO?
Hehe
FWAMM
SEIJI!
DA BIST DU JA! HAST DU MICH NICHT KLINGELN HÖREN?
SEI NICHT SO UNACHTSAM!
UND DA IST DIE RUHE DAHIN.

UND HANDELSVERBAND
KENNENLERN-EVENT
TEILNEHMER
UNS FEHLEN GANZE DREI MÄNNER!
UND WAS SOLL DAS HIER? ES SIND UNTERSCHIEDLICH VIELE FRAUEN UND MÄNNER ANGEMELDET.
DIE VERANSTALTUNG IST DOCH SCHON MORGEN ABEND.
FLAPP FLAPP
MEINE GÜTE, ES SIND DOCH SCHON GENUG LEUTE DABEI.
EBEN NICHT! WENN SICH PÄRCHEN BILDEN, DARF NIEMAND ÜBRIG BLEIBEN!
ZWUPP
TREIB MIR JEMANDEN AUF, EGAL WEN.
FWAMM
GEH ALLE DEINE KONTAKTE VON VORNE BIS HINTEN DURCH!
ACH NÖÖÖ!
ALLE, DIE ZEIT HABEN, HABE ICH DOCH SCHON LÄNGST ...
Konta
▽T
Tachibana
Tet
▽N
Naoto
Nakamoto, Shin
▽M
Maki
Motsu
TIPP TIPP

GUTEN ABEND, JUNGER MANN.
ZSSCH
AM ANFANG WAR ER FÜR MICH BLOSS EIN AUFDRINGLICHER, NERVIGER ERWACHSENER.
FWOMM
...

UNS WURDE GEMELDET, DASS SICH HIER IN DER NÄHE EINE GRUPPE VON JUNGS GEPRÜGELT HABEN SOLLEN.
DARF ICH DIR EIN PAAR FRAGEN ZU DEINEN VERLETZUNGEN STELLEN?
SWUPP
ÄH, BIN BLOSS HINGEFALLEN.
UND HAB ICH DA NICHT GERADE EINE ZIGARETTE GESEHEN? WIE ALT BIST DU?
TSSCH
ICH BIN 20. AUSWEIS HAB ICH KEINEN DABEI.
ABER DAS IST DOCH EINE TYPISCHE OBERSCHULSPORTHOSE, ODER NICHT?
MIST.
DIE IST VON FRÜHER. ICH TRAG SIE EINFACH GERN.
WAS DU NICHT SAGST! NA, DAS IST JA KOMISCH.
ICH KÖNNTE SCHWÖREN, DAS DESIGN WURDE ERST LETZTES JAHR EINGEFÜHRT.
UND WENN DU LETZTES JAHR NOCH SCHÜLER WARST, MÜSSTEST DU NOCH MINDERJÄHRIG SEIN.
...
MACHEN WIR MAL EINEN KLEINEN AUSFLUG AUF DIE WACHE!
JUNGE, DU BIST GANZ SCHÖN GROSS.

SORGEN WIR
UNSERER KINDER
ALSO SIND SIE EINFACH SO AUF DICH LOSGEGANGEN?
UND DU HAST ZURÜCKGESCHLAGEN?
ERINNERST DU DICH, WIE SIE AUSGESEHEN HABEN?
NEIN, NICHT SO WIRKLICH.
WIESO LÄUFST DU EIGENTLICH SO SPÄT ABENDS NOCH DRAUSSEN HERUM?
HIER, GERSTENTEE.
MIR WAR LANGWEILIG.
AHA.
DU BIST ZWAR GROSS FÜR DEINE 17 JAHRE, ABER DU SOLLTEST TROTZDEM VORSICHTIGER SEIN.
UND GIB DIE ZIGARETTEN HER.
DU SOLLTEST DOCH WISSEN, DASS RAUCHEN FÜR MINDERJÄHRIGE VERBOTEN IST.
GRZ
ES BRINGT DIR AUCH NICHTS. DU RUINIERST DIR DAMIT BLOSS DIE GESUNDHEIT.
TSS!

JEDENFALLS LÄSST DU DICH AB JETZT AUF KEINE PRÜGELEIEN MEHR EIN.
WILLST DU ANZEIGE ERSTATTEN?
NEIN.
...
TJA, DIE EINSTELLUNG BIN ICH JA GEWOHNT.
SAGST DU MIR DANN NOCH DEINE NUMMER VON ZU HAUSE?
ICH SAG, MAN SOLL DICH ABHOLEN.
KLACK
DA WIRD KEINER KOMMEN.
WAS?
VIEL ZU SÜSS DAS ZEUG.
ES IST NIEMAND ZU HAUSE.
NIEMAND? SIND DEINE ELTERN ... ... ETWA NOCH BEI DER ARBEIT?
WAS IST MIT GESCHWISTERN?
MEINE MUTTER ARBEITET DIE NACHT DURCH.
ICH HAB 'NE ÄLTERE SCHWESTER, ABER DIE WOHNT WOANDERS.
UND MEIN VATER ...
... HAT UNS SCHON VOR LANGER ZEIT VERLASSEN.
KEINE AHNUNG, WIE ICH IHN ERREICHEN KANN.
ER WÜRDE AUCH NICHT AUFTAUCHEN.

ICH WOHN UM DIE ECKE. ICH KOMM ALLEIN ZURECHT.
KRATZ KRATZ
OKAY …
ABER HAST DU DENN GAR KEINE FREUNDE? EINEN KÖNNTEST DU DIR DOCH ZUMINDEST SUCHEN.
DER TYP NERVT ECHT.
ES IST GEFÄHRLICH DA DRAUSSEN.
NA GUT, WEGEN DER ZIGARETTEN DRÜCK ICH NOCH MAL EIN AUGE ZU.
ABER ICH BEGLEITE DICH ZUR SICHERHEIT TROTZDEM NACH HAUSE.
PWOFF
ICH SAG DOCH, ICH WOHN IN DER NÄHE …
KONTAKTDATEN
HAUSHALTSVORSTAND
YAYOI NAKAMOTO
ADRESSE
BEWOHNER*INNEN
NA, SICHER DOCH. LASS MICH MAL SEHEN, ÄHM …
IST NICHT WAHR!
DAS SIND KEINE FÜNF MINUTEN ZU FUSS VON HIER!
SAG ICH DOCH.
DANN SCHAFFST DU DAS AUCH ALLEINE! BIST JA TOUGH!
DAS KLANG ABER GRAD NOCH GANZ ANDERS. FINDEN SIE DAS ALS POLIZIST ECHT OKAY?
ZUPP

MACH DEINER MUTTER KEINEN KUMMER.
ER IST SO GROSS ...
... UND WIRKT SO KLEIN.
HÖR MAL, ...
... DU KANNST JEDERZEIT VORBEIKOMMEN, WENN DU DICH EINSAM FÜHLST.
GRINS
ICH LEISTE DIR GERN GESELL-SCHAFT.
...

DAS HAB ICH NICHT NÖTIG.
UND ICH BRAUCH WEDER MITLEID …
… NOCH SELBST-GEFÄLLIGE STANDPAUKEN VON EUCH ER-WACHSENEN.
LASSEN SIE MICH BLOSS IN RUHE.
…
VIELEN DANK FÜR IHREN EINKAUF!
mowson
100% FRISCHE MILCH
SOFTEIS
DINGELING DINGELING
OH!
FWIIIN
WENN DAS NICHT MEIN JUNGER ÜBELTÄTER SHIN NAKA-MOTO IST!
SCHWUPP
UÄRCH!

SIE SCHON WIEDER …
WAS IST DENN DAS FÜR 'NE BEGRÜS-SUNG?
DAS KANNST DU BESSER. UND ICH HEISSE ÜBRIGENS SEIJI TAJIMA.
ALTER, WIE NERVIG …
WAS?!
WIE WAR DAS?!
TSSCH
GUTEN ABEND, HERR TAJIMA.
ABER WIE SIEHST DU DENN AUS?!
SCHREIEN SIE MIR NICHT INS OHR.
LASS MICH DEIN GESICHT SEHEN!
HAST DU DICH SCHON WIEDER GEPRÜ-GELT?!
ICH HAB DOCH GESAGT, DU SOLLST DAS SEIN LASSEN.
FWIIIN
MENSCH!
WARTE MAL KURZ.
JETZT HAT MICH DIESE NERVEN-SÄGE SCHON WIEDER ERWISCHT.
AU …
ZIEP
GIB MAL HER.
SWP
!

WAS SOLL DENN DER MIST?
HIER.
HÄ?
LAM
UNAUFFÄLLIG KLEBT ZUVERLÄSSIG
KLEB DIR DIE AUF.
20 STÜCK
...
WAS SAGT MAN?
DANKE.
HEY, RAUCHEN SIE MIR NICHT EINFACH MEINE KIPPE WEG!
EKTO-PLASMA!
PFAAH
UND SEIT WANN SCHNORREN SICH POLIZISTEN ZIGARETTEN VON MINDER-JÄHRIGEN?!
ICH BIN HEUTE NICHT IM DIENST, ALSO ...
HUÄRRCH KHOFF KOHOFF KHUÖRCH
HFF
GIB MAL ... WAS ZU TRIN-KEN ...
HFF
SIE SIND NICHT MAL RAUCHER?!
GLUCK GLUCK
URGH ...
TRINKEN SIE BLOSS NICHT ALLES WEG.

HEY, SHIN, HÖR DOCH AUF MIT DEM RAUCHEN.
DAS IST GELDVER-SCHWENDUNG UND SCHLECHT FÜR DIE GE-SUNDHEIT.
ALLES WEGGESOFFEN, DIESER ARSCH.
PUH
BURP
ICH HAB DOCH GESAGT, DAS HAB ICH NICHT NÖTIG.
SCHON WIEDER 'NE STAND-PAUKE?
ICH WEISS NICHT, WARUM DU JETZT SCHMOLLST, ...
... ABER ICH HAB DOCH EBEN GESAGT, ...
HMPF
...
HNF
UND IHNEN KANN'S DOCH EGAL SEIN, WAS MIT MIR IST.
ACH JA, RICHTIG, KANN ES NICHT. IST JA IHRE ARBEIT. KRIEGEN SIE NACHHER 'NEN ORDEN DAFÜR?

… DASS ICH HEUTE NICHT IM DIENST BIN.
ICH SITZ NICHT HIER, WEIL'S MEINE ARBEIT IST.
ICH MACH MIR PERSÖNLICH SORGEN UM DICH, …
… AUCH WENN'S DICH VIELLEICHT NERVT.
NA, WIE DEM AUCH SEI, OB DU AUFHÖRST …
… ODER NICHT, IST JA AM ENDE DEINE ENTSCHEIDUNG.
POFF POFF
ABER LASS MICH DIR EINES VERRATEN: VOM RAUCHEN …
… KRIEGT MAN EKTI- STÖ- GEN.
TSSCH
…

SEIJI VERSUCHTE NIE, MICH ZU IRGENDWAS ZU DRÄNGEN WIE ANDERE ERWACHSENE.
DU HAST MIT DEM RAUCHEN AUFGE- HÖRT? SEHR BRAV!
HAST DU ETWA KEINEN MEHR HOCHGE- KRIEGT?
FALLEN VOM BLEICHEN NICHT DIE HAARE AUS?
FARBE WEG, HAARE WEG.
STRR
ECHT JETZT?
DU HAST JA NOCH DEINE NATURHAARFARBE! LIEGT'S AM HAAR- AUSFALL?
NEE, ABER FÜR DIE UNI- AUFNAHME DACHTE ICH ...
DAS STEHT DIR!
OH, DU WILLST AUF DIE UNI? IN DER GROSSEN STADT?
HNF
JA ...
ER WAR MEHR WIE EIN KUMPEL ODER EIN BRUDER.
SEINE UNGE- ZWUNGENE ART FAND ICH DAMALS RECHT ANGENEHM.
KLACK
16:55
HAT HEIMLICH DAS HINTER- GRUNDBILD GEÄNDERT
UWAH!
WO KOMMT DAS PLÖTZLICH HER?
PFF ...
ACH, WAS SOLL'S.
BEVOR ICH MICH VERSAH, WOLLTE ICH JEMAND WERDEN, AUF DEN SEIJI STOLZ SEIN KONNTE.

ABER …
… ALS ICH IHN EINIGE ZEIT SPÄTER, NACHDEM ICH STUDENT GEWORDEN WAR, AUFSUCHEN WOLLTE, …
… UM IHM ZU ZEIGEN, WIE ICH MICH ENTWICKELT HATTE, …
… HATTE SEIJI DEN POLIZEIDIENST BEREITS QUITTIERT.
DASS ICH GEFÜHLE FÜR IHN HATTE, WURDE MIR ERST KLAR, …
… NACHDEM ER WEG WAR.
ÜBER ZEHN JAHRE LANG VERGRUB ICH SIE TIEF IN MIR.
SELBST BEI EINEM WIEDERSEHEN WOLLTE ICH IHM NICHTS DAVON SAGEN.
UND SCHON GAR NICHT …

...
BDUMM
TPP
BDUMM
GNRZ
HN ...!
BODUMM
HAH
FRSCH
HAH
ZUCK
ZUCK
HAH
TSCHLP
TSCHLP
BODUMM
AAH
BRRR
HAH

GNRZ
HAH
GNRZ
HAH
16
温度
ZUCK
HNNN ...
HNG!
WUPP
HAACH
DAS ... WAR ECHT DANEBEN.
!!!
GLIBB
ICH BIN DAS ALLER-LETZTE.
FWUMM
ES TUT MIR SO LEID, SEIJI.
RUBB RUBB
RUBB
RUBB
VRRR
VRRR
VRR
1 neue Nach

HEUTE GESCHLOSSENE VERANSTALTUNG
SINGLE-KENNENLERN-EVENT
ORGANISIERT VOM INDUSTRIE- UND HANDELSVERBAND
ZUM DRITTEN MAL
RAUN
LÄRM
DU BIST POLIZIST? ♡ WIE AUF-REGEND! ♡
GLEICH DARAUF HATTE ICH EINE NACH-RICHT VON SEIJI.
HIHIHI ♡
ICH WILL HEIM …
HIHIHI ♡
SO EIN STATT-LICHER MANN. ♡ WIE GROSS BIST DU DENN GENAU? ♡
UND DU HAST ECHT KEINE FREUNDIN?
SHIN NAKAMOTO
Von: Seiji
Lange nicht gesehen
Sehr geehrter Kussdieb,
ich hab dir doch von der städtischen Kennenlern-Party erzählt. Hast du's dir überlegt? Die wäre morgen Abend um 18 Uhr. Hast du Zeit? Wie, du kommst? Echt? Danke, das freut mich aber! Nachdem du mir schon einen Kuss gestohlen hast, würdest du mir doch die Bitte niemals ausschlagen, oder?
Bis morgen! ♡
EINE ERPRESSER-MAIL!
!
ABER SEIJI VERHIELT SICH SO, ALS OB NICHTS PASSIERT WÄRE.
…
DA BIST DU JA, SHIN.
ICH TRAUTE MICH FAST NICHT, IHM UNTER DIE AUGEN ZU TRETEN.
SHIN NAKAMOTO
PATSCH
HIER, DEIN NAMENS-SCHILD.
UND JETZT HAB SPASS.
SPASS, SAGT ER …
SOLL ICH DICH AUF-GEBEN UND MIR JEMAND ANDEREN SUCHEN?
WILLST DU MIR DAS DAMIT SAGEN?
SEIJI

ÄHM, ICH DANKE IHNEN ALLEN VON HERZEN, DASS SIE SICH HEUTE HIER EINGEFUNDEN HABEN.
SEIJI
ER HAT EIN FLEISCH-MIKRO.
AN DIESER STELLE MÖCHTE ICH BESONDERS HERRN AKASAKA UND HERRN YAGI ERWÄHNEN, …
TETSU AKASAKA (25)
NAOTO YAGI (39)
… DIE HIERFÜR EXTRA IHRE FREIE ZEIT GEOPFERT HABEN.
VIELEN DANK EUCH BEIDEN!
KRIAAAAH
ICH HOFFE, DAS GRATISFUTTER SCHMECKT!
IST DAS ECHT OKAY, DASS WIR KEINE TEILNAHMEGEBÜHR ZAHLEN?
FÜR MÄNNER 4.000 YEN* PRO PERSON …
TETSU AKASAKA
NA, SICHER DOCH.
NAOTO YAGI
SCHLIESSLICH SOLLEN WIR EINEM VERWÖHNTEN BENGEL GESELLSCHAFT LEISTEN, …
… DER GLAUBT, ER KÖNNE UNS EINEN TAG VORHER EINFACH SO HERZITIEREN.
ABER SAG MAL, SEIJI, DU GEHÖRST DOCH ZUM PERSONAL, ODER NICHT?
DARFST DU DICH SO VOLLLAUFEN LASSEN?

*CA. 32 EURO

ICH HAB EBEN GRAD LUST DRAUF.
FWP
ACH, DU ARMER. DA HAT WOHL JEMAND EINEN KORB GEKRIEGT.
WIE KOMMT IHR AUF DEN QUATSCH?!
GANZ IM GEGENTEIL. JEMAND HAT MIR SEINE LIEBE GESTANDEN.
UND DIESER JEMAND LIEBT MICH SCHON SEIT ÜBER ZEHN JAHREN.
LIEBT DICH?! SEIT ÜBER ZEHN JAHREN?!
WAS?!
WIE DARF ICH DIE REAKTION VERSTEHEN?
ICH HAB MICH ÖFTER UM DEN-JENIGEN GEKÜMMERT, ...
... ALS ICH NOCH BEI DER POLIZEI WAR.
ACH, DU WARST MAL POLIZIST?
SIEHT MAN DIR GAR NICHT AN!
UND WAS HAST DU GEANT-WORTET?
NA JA .... NICHTS.
WAS?! WIE, „NICHTS"?

ES KAM SO PLÖTZLICH, DASS ICH NICHT WUSSTE, WAS ICH TUN SOLL.
UND ICH WOLLTE AUCH NICHTS FALSCHES SAGEN UND DIE PERSON VERLETZEN.
ABER WENN DU NICHT VÖLLIG UNINTERESSIERT DRAN BIST, ...
... WARUM VERSUCHT IHR BEIDE ES DANN NICHT EINFACH MAL?
JA, GENAU! JEMANDEN, DER ZEHN JAHR LANG IN EINEN VERLIEBT IST, FINDET MAN SCHLIESSLICH NICHT ALLE TAGE!
WIE IST DIESER MENSCH DENN SO?
NA JA, DIESE PERSON IST BEI DER POLIZEI UND HEUTE ABEND AUCH HIER.
WAS?!
HIER, AUF DER PARTY?!
SWUPP
OH, SEHT MAL, ...
SEIJI, ICH WERD LANGSAM MAL GEHEN.
DAS KOMMT UNERWARTET!
SHIN NAKAMOTO
... DA ISSER JA.
WAS GENAU MAGST DU EIGENTLICH AN IHM?
ALSO AN SEIJI, MEIN ICH.
HEY!
DER IST JA GROSS.
HÄ?!

MANN, DAS IST JA RICHTIG FIES, DASS ER DEN KERL, DER IHN LIEBT, …
… ZU EINER SINGLE-PARTY EINLÄDT.
NICHT DOCH.
ER HATTE MICH SCHON DAVOR GEBETEN, HERZUKOMMEN.
UNS HAT ER AUCH HERBESTELLT, OBWOHL WIR BEIDE EIN PAAR SIND.
TETSU AKASAKA
HAACH
BEI MIR IST ES SCHON DAS DRITTE MAL.
SEIJI MEINTE, ER HAT EUCH ZUSAMMENGEBRACHT.
WAS? FÜR WEN HÄLT ER SICH? AMOR?
DU TRINKST ZU VIEL.
SPAR'S DIR BITTE!
ABER OKAY, WENN ER UNS NICHT EINGELADEN HÄTTE, WÄREN WIR UNS WAHRSCHEINLICH NICHT BEGEGNET.
UND WEGEN SEIJI BIN ICH ÜBERHAUPT ERST AUF MÄNNER GEKOMMEN.
WAS?
OH, VERSTEH MICH NICHT FALSCH.
WPP
WPP
ICH WAR NICHT MIT IHM ZUSAMMEN ODER IN IHN VERLIEBT.

ALS ICH IHM ERZÄHLTE, DASS ES BEI MIR MIT FRAUEN NICHT SO GUT LÄUFT, MEINTE ER ZU MIR, ...
... ICH KÖNNTE ES DOCH MAL MIT EINEM MANN VER-SUCHEN.
ER LABERT JA STÄNDIG SO WILDES ZEUG.
ABER WENN MAN SICH DANN MAL DRAUF EINLÄSST, ...
... GEHT'S AM ENDE ÜBER-RASCHEND GUT AUS.
MIR GING ES FRÜHER ÄHNLICH. DASS ICH MICH ÄNDERN KONNTE, ...
GNN
... HABE ICH NUR SEIJI ZU VER-DANKEN.
ICH VERSTEHE, WAS DU MEINST.
UND ICH MACH IHM DAFÜR AUCH NOCH ÄRGER.

TROTZDEM HOFFE ICH NOCH IRGENDWIE AUF EINE CHANCE.
ER ZERBRICHT SICH AUCH DEN KOPF. ALSO EGAL, WAS DABEI RAUSKOMMT, ...
... DU SOLLTEST ZUMINDEST MIT IHM REDEN.
WENN ER WIEDER MIT IRGEND-EINEM WILDEN VORSCHLAG KOMMT, ...
... IST ES VIELLEICHT GAR NICHT SCHLECHT, WENN DU DARAUF EINGEHST.
UND SEIJI WEGEN LIEBESDINGEN GRÜBELN ZU SEHEN, IST SO EIN SELTENER GENUSS.
DARUM HOFFE ICH, DASS DU AN DER SACHE DRANBLEIBST.
SMILE
NAOTO YAGI
HIER ENTLANG, WER NOCH IN EIN ANDERES LOKAL MITWILL!

KOMMST DU NOCH MIT?
NEIN, ICH GEH NACH HAUSE.
ALLES OKAY?
ÄTZEND ...
MIR IS' SO HEISS.
DÜRFEN WIR DIR DANN VIELLEICHT ...
HICK
... UNSEREN SCHLUCK-SPECHT DA DRÜBEN AN-VERTRAUEN?
HEY, SEIJI, SHIN BRINGT DICH NACH HAUSE.
KLAMMER DICH NICHT SO AN MEINEN FREUND.
RUCK
...
UND GIB IHM EINE ANTWORT, OKAY?
ZUCK
VERSUCH'S BEI DER GELEGENHEIT DOCH AUCH MAL MIT EINEM MANN.
WSP
ACH, HALT DIE SCHNAU-ZE!
DAS IS' NICH' WITZIG!
GRIAAH
...
MANN ...
BIN ICH BE-SOFFEN.

OH!
TAU
MEL
...PALA ...
GRAPP
HOP...
VORSICHT, PASS AUF.
WNK
WNK
TUT MIR LEID ...
TRINK DOCH NICHT SO VIEL, DASS DU UMKIPPST.
ACH, KOMM SCHON! HEHEHEHE!
TAUMEL
TAUMEL
DU BISSO 'N NETTER KERL, SHIN.
ICH VERLIEB MICH NOCH IN DICH, HAHA-HAHA!
ICH WÜRD MICH DRÜBER FREUEN, WENN'S SO WÄRE.
HN ...
URKS

ÄHM
...
WIE WAR DIE PARTY? WAR JEMAND FÜR DICH DABEI?
JA, ER STEHT NEBEN MIR.
ZI ZI ZI ZI ZIRP
ZI ZI ZI ZIRP
STILLE
WAR JA KLAR.
ZI ZI ZIRP
ZI ZI ZI ZIRP
WENN DU VERGEBEN WÄRST, ...
FWPP
... WÜRDE ICH DARÜBER HINWEGKOMMEN.
ICH DACHTE, DU WÄRST LÄNGST VERHEIRATET UND HÄTTEST EINE FAMILIE.
SCHRRT
SCHRRT
STATTDESSEN BIST DU SINGLE ...
... UND ÜBERLEGST AUCH NOCH, OB DU AUF MÄNNER UMSTEIGEN SOLLST.
ICH ...
GRIAAH
ICH BIN NICHT SINGLE, WEIL'S MIR SPASS MACHT, KLAR?!
TUT MIR LEID, ...
... DASS ICH'S NICHT BEMERKT HAB.

DU MUSST DICH NICHT ENT-SCHULDIGEN.
MIR TUT'S LEID, DASS ICH MICH SO DÄMLICH VERHALTEN HABE.
TAJIMA
ALSO BIS DANN. VERGISS NICHT, ABZU-SCHLIESSEN.
KLAR ... BIS DANN.
...
SCHRRT
SHIN.

VON MIR AUS ...
... KÖNNEN WIR'S MITEINANDER VERSUCHEN.
ABER ... WIESO?
NA, DU HAST DOCH ZU MIR GESAGT, ...
... WENN ICH EINEN MANN WOLLE, SOLL ICH DICH NEHMEN.
KRTZ KRTZ
UND BESSER DICH ALS IRGENDEINEN UNBEKANNTEN.
DAS HAB ICH DOCH NUR GESAGT, WEIL ICH NICHT KAPIERT HAB, DASS DAS EIN SCHERZ ...
ERST WAR ES DAS AUCH. ABER DANN SAGTEST DU WAS VON ZEHN JAHREN LIEBE, ...
... ALSO DACHTE ICH MIR, ...
... HEY, MIT DIR AN MEINER SEITE WÄR'S DEN VERSUCH WERT. ☆

HNF
DU LABERST DOCH WIEDER NUR WILDES ZEUG.
WENN DAS VERARSCHE SEIN SOLL, DANN HÖR AUF DAMIT!
GRML
GRML
ICH VER-ARSCH DICH NICHT!
UND WANN LABER ICH JEMALS WILDES ZEUG?!
STÄNDIG, IN EINER TOUR.
IST GAR NICHT WAHR!
TU ICH ÜBERHAUPT NICHT!
ABER GUT, NEHMEN WIR EINFACH MAL AN, ICH HÄTTE WILDES ZEUG GELABERT.
DANN SEHE ICH DAS EHER ALS AUSDRUCK MEINES GROS-SEN EINFALLS-REICHTUMS.
MHM
MHM
„... DANN IST ES VIELLEICHT GAR NICHT SCHLECHT, WENN DU DARAUF EINGEHST.“
...
HÖR MAL, ICH MÖCHTE DEN KERL LIEBEN LERNEN, DER MICH SO LIEBT.
TOFF
DU LIEBST MICH DOCH, ODER NICHT?

JA, ICH LIEBE DICH.
NA, DANN IST DOCH GUT.
ALSO ZEIG SIE MIR, SHIN.
PATSH
PATSH
GRP
ZEIG MIR DIE LIEBE, DIE SICH ZEHN JAHRE LANG ANGESTAUT HAT.
ZUPP
!

MH!
DAS ...
HFF
HAB ICH MICH ERSCHRECKT!
... GEHÖRT DANN AUCH DAZU.
UND ZEHN JAHRE SIND VIEL.
ALSO MACH DICH AUF WAS GEFASST.

...
BDUMM
BDUMM
IN DEN ZEHN JAHREN ...
GNN
... SCHEINT ER NOCH EIN STÜCK GRÖSSER GEWORDEN ZU SEIN.
MENSCH, DU BIST JA SCHWERER, ALS ICH GEDACHT HÄTTE.
IST DAS DIE LAST VON ZEHN JAHREN LIEBE?
GNN
PATSCH
PATSCH
OH!
GGNNN
SEIJI ...
SEIJI ...
MO-MENT MAL!
DU BIST ECHT SCHWER!
MEIN RÜCKEN! MEIN RÜCKEN!
ICH ... BRECH GLEICH ZUSAMMEN ...
PTA
PTA
HUCH
ÖRS

KAPITEL 3

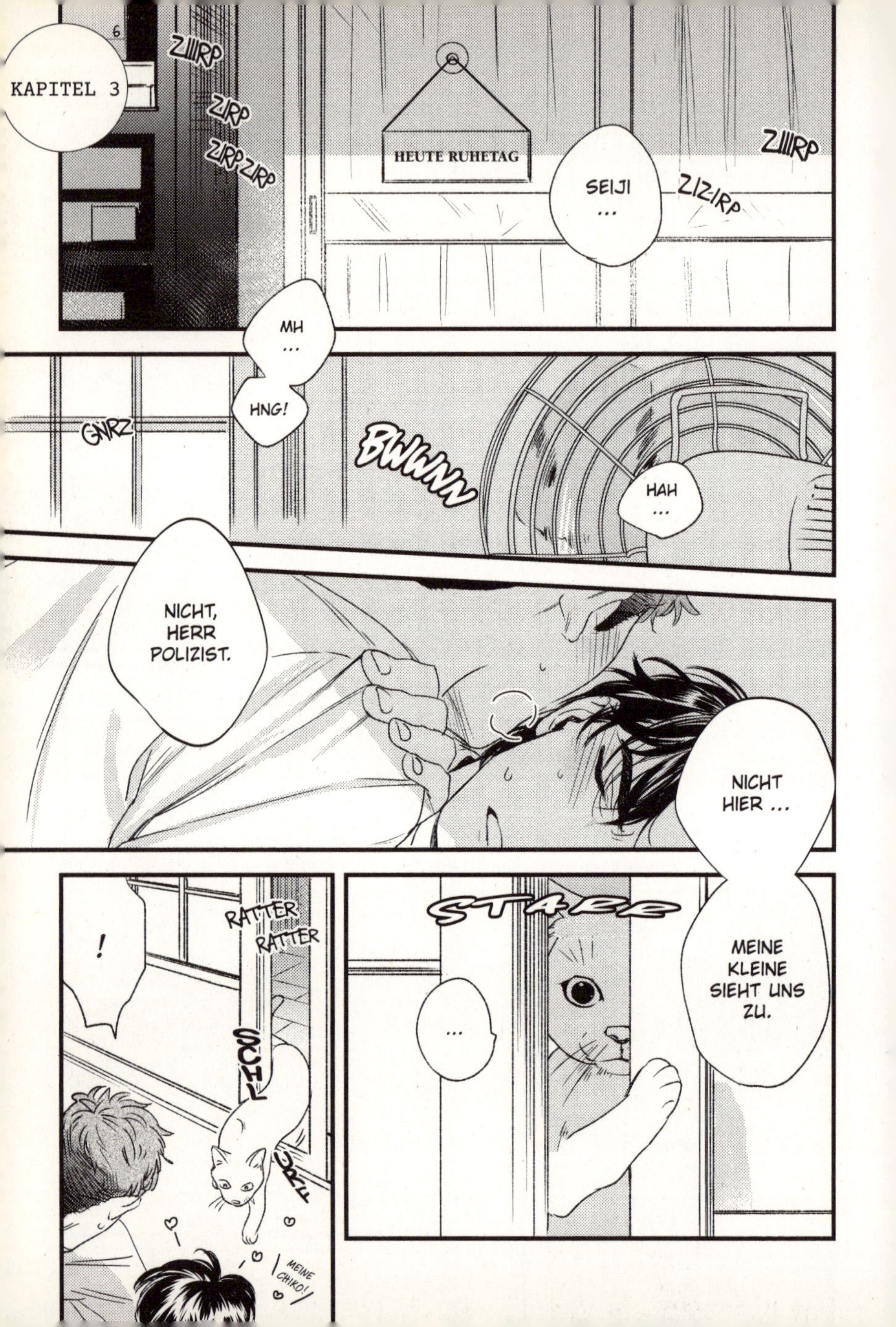
HEUTE RUHETAG
ZIIIRP
ZIZ-IRP
SEIJI …
ZIIIRP
ZIRP
ZIRP ZIRP
HAH …
BWWNN
MH …
HNG!
GNRZ
NICHT HIER …
NICHT, HERR POLIZIST.
MEINE KLEINE SIEHT UNS ZU.
STARR
…
RATTER RATTER
!
SCHL
MEINE CHIKO!

LENK DOCH NICHT IMMER AB.
ICH … ICH LENK NICHT AB.
ICH HAB DOCH GESAGT, DASS DAS DAZU-GEHÖRT …
… UND DU DICH DARAUF GEFASST MACHEN SOLLST.
DA…
DAS IST MIR SCHON KLAR! ABER DOCH NICHT AM HELLLICHTEN TAG!
TAPP
KLICK
12:00
OHR NEWS
Überfall auf Minimarkt
Und nun zu den Mittags-nachrichten.
FMP
PWT
SCHRECK
Der Mann, der letzte Woche mit einem Messer bewaffnet einen Minimarkt im Südbezirk überfallen hat …
GNN
DER TYP IST NOCH IM-MER NICHT GEFASST?
ER HATTE EINE KAPPE, EINE MASKE UND EINE SONNEN-BRILLE AUF.
ER IST SCHWER ZU IDENTIFI-ZIEREN.
Die Polizei bittet um Ihre Mithilfe, falls Sie …

WIR HABEN AUCH FAHNDUNGS-POSTER MACHEN LASSEN.
RASCHEL
WÜRDEST DU EINS DAVON IM LADEN AUF-HÄNGEN?
POFF
KLAR, SICHER DOCH.
ABER SAG MAL, HAST DU MIR DAS JETZT EXTRA VORBEI-GEBRACHT?
FLAPP
DA MUSSTEST DU DOCH ERST ZUR WACHE ZURÜCK UND DANN WIEDER HERLAUFEN.
DU HÄTTEST DOCH AUF DER STREIFE VORBEI-KOMMEN KÖNNEN.
HMF
GRAPP
Kommen wir zu weiteren Meldungen ...
FWO
WOAH!
AH!
MP
FLATTER

ICH BIN NICHT NUR DESWEGEN HIER.
!
HM!
SMK
SMK
HNG!
Auch diese Woche halten die Temperaturen von über 30 Grad weiter an ...
HAH
TSCHLK
HAH
HFF ... HEY!
HAH!
MH!
GRRRR
TSCHLK TSCHLK
SMK
HN!
ER RÜHRT SICH KEIN STÜCK!
ER ZERQUETSCHT MICH!
TOFF
HNG!
JTT
JTT
HN!
ZUCK
SSLIP

PFUAH
SHIN!
NICHT AM HELL-LICHTEN ...
... TAG ...!
SCHRECK
PRESS
UFF!
BDUMM
BDUMM
SEIJI ...
BDUMM
BDUMM
MIAAUUUU
HUCH
GLOTZ
SCHON WIEDER AUSGE-BREMST ...
OOOCH, MEINE SÜSSE CHIKO! ♡
MÖCHTEST DU FRESSEN HABEN? ♡
PUH ...
MAUNZ

ACH JA, ICH MUSS NOCH WAS EINKAUFEN GEHEN.
PRT PRT PRT
SCHNÜFF SCHNÜFF
DANN KOMM ICH MIT.
MUSS DOCH NICHT SEIN. BLEIB RUHIG HIER.
DU KOMMST DOCH GRADE ERST VOM DIENST. MACH'S DIR GEMÜTLICH.
ICH MACH WAS ZU ESSEN, WENN ICH ZURÜCK BIN. DU ISST DOCH MIT, ODER?
JA ...
KRK
DANN MACH DOCH SOLANG 'N NICKERCHEN.
DU KANNST DICH AUF MEINEN FUTON HAUEN, WENN DU WILLST. DER LIEGT NOCH UNGEMACHT RUM.
DA DRIN.
BIS SPÄTER!
ZIIIRP ZIRP ZIRP
TAPP TAPP
...

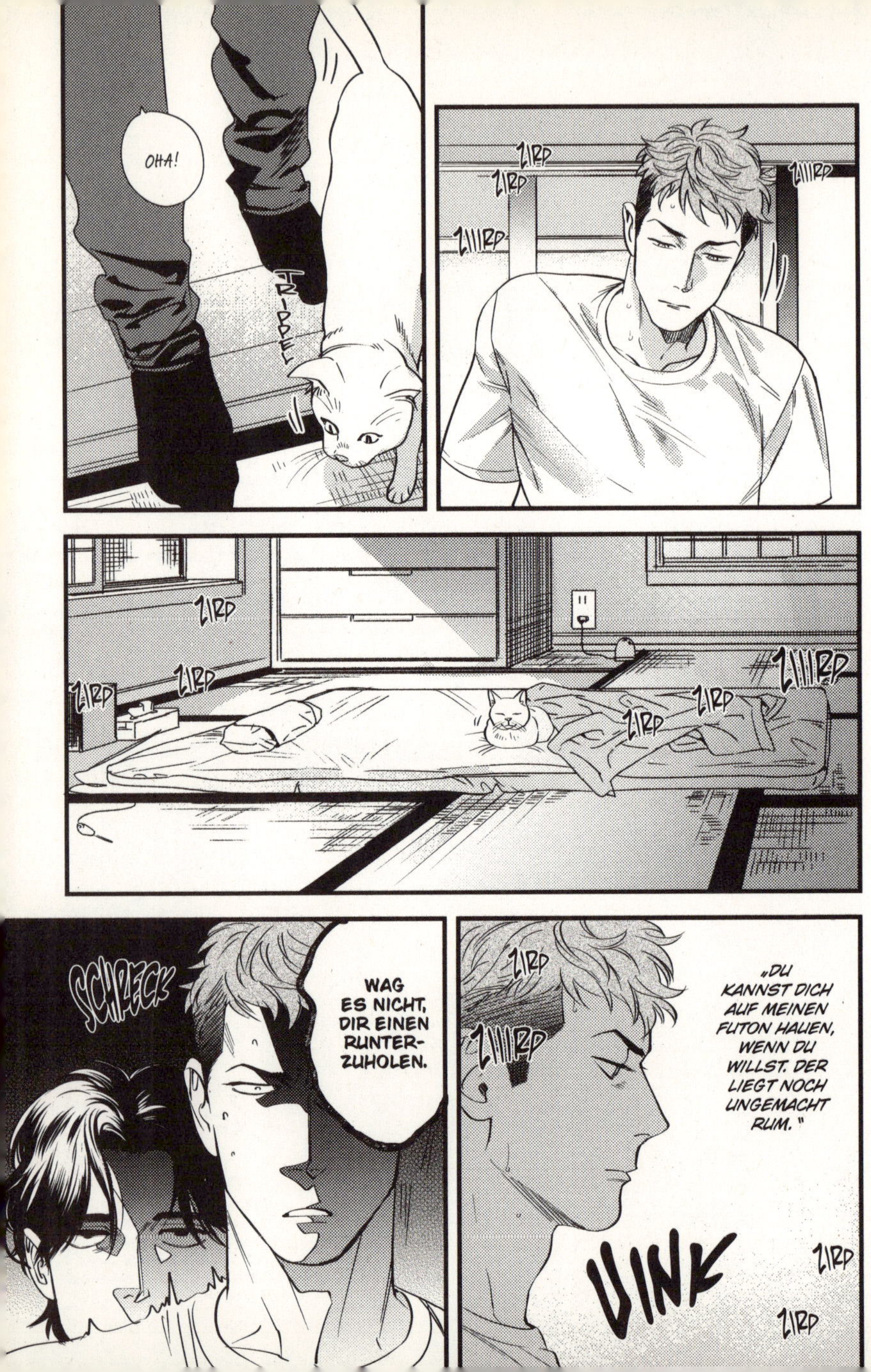
ZIRP
ZIRP
ZIIIRP
ZIIIRP
OHA!
TRIPPEL
ZIRP
ZIIIRP
ZIRP
ZIRP
ZIRP
ZIRP
ZIRP
ZIIIRP
„DU KANNST DICH AUF MEINEN FUTON HAUEN, WENN DU WILLST. DER LIEGT NOCH UNGEMACHT RUM."
DINK
ZIRP
ZIRP
SCHRECK
WAG ES NICHT, DIR EINEN RUNTERZUHOLEN.

HN ...
HAHAHA! HAB WAS VERGESSEN!
BIS SPÄTER!
PUNKTEKARTE
BADUMM
BADUMM
ER SAGT ZWAR, DASS ES IHM KLAR IST, ...
... ABER SOBALD ICH MEHR ALS KÜSSEN WILL, LENKT ER AB.
GRZ
HEUTE GLEICH ZWEI MAL.
AUCH WENN WIR EIN PAAR SIND, IST DIE SACHE IMMER NOCH EINSEITIG.
ICH WILL IHN NICHT VERGRAULEN, WO ER MIR ENDLICH EINE CHANCE GIBT.
ICH MEINE, ICH KANN'S JA VERSTEHEN, ABER ...
MAUNZ
... WENN ICH IHN DANN DIREKT VOR MIR HABE ...
FWUMP
HAACH ...
...
BDUMM
BDUMM
SCHNÜFFEL

SCHWEL
FLIRR
RIECHT NACH MÄNNERSCHWEISS ...
ZIIIRP
ZIRP
ZIRP
MANN!
BIN ICH FERTIG!
TWOMP
JETZT HAB ICH WEGEN DER SACHEN FÜR MICHIYO ...
... EWIG GEBRAUCHT.
DIE ALTE HEXE WOLLTE LAUTER SCHWERES ZEUG.
DIESE HITZE ...
ACH, DU GEHST EINKAUFEN?
MICHIYO
BESORG MIR DOCH SOJASOSSE, MILCH USW.
ICH HÄTTE SHIN DOCH MITNEHMEN SOLLEN.
SWUPP
HEY, SHIN, ES GIBT MITTAGESSEN.
ALLERDINGS NUR FERTIG-LUNCHBOXEN

OH!
ZZZ
ZZZ
ER SCHLÄFT JA IMMER NOCH.
WAR JA KLAR, DASS DU ZU GROSS FÜR MEINEN FUTON BIST.
HAHAHA
HEY, SHIIN.
VIELLEICHT SOLLTE ICH IHN BESSER SCHLAFEN LASSEN.
ZZZ
ZZZ
DAS IST DAS ERSTE MAL, DASS ICH IHN BEIM SCHLAFEN SEHE.
TUPP
GROSS WARST DU JA SCHON IMMER, ABER JETZT BIST DU AUCH NOCH RICHTIG KRÄFTIG.
DU MUSKEL-PROTZ.
HAST AUF DER POLIZEISCHULE SICHER JUDO GEMACHT.
TUPP
TUPP

IN DER ZEIT, IN DER WIR UNS NICHT SAHEN, IST DER SHIN, DEN ICH KANNTE, ZU EINEM ERWACHSENEN GEWORDEN ...
... UND ZU JEMANDEM, DEN ICH SO NICHT KANNTE.
ICH WUSSTE WEDER, DASS ER IN DEN POLIZEIDIENST EINGETRETEN WAR, NOCH, DASS ER MICH LIEBTE.
ICH WUSSTE SO VIELES NICHT ÜBER DICH.
AUCH NICHT, DASS DU SO EIN NOTGEILES KUSS-MONSTER BIST.
HNNNG
HNNNG
...
TJAAA, DIE SACHE MIT DEM SEX ...
ABER SAG MAL ...
IST DAS JETZT SCHON FIX, DASS ICH DER PASSIVE PART BIN?
MANN, ICH HAB ZWAR EIN GROSSES HERZ, ...
... ABER EIN SEHR KLEINES POLOCH.
SOR-RY.
LASS MAL SEHEN ...
ZUPF
WAFFENSCHEINPFLICHTIG

KRA
KRA
KRA
MH ...
BLINZEL
ZZZZ
ZZZ
BDUMM
BDUMM
?
?!
AUF EINMAL LIEGT ER DA ...
ZZZ

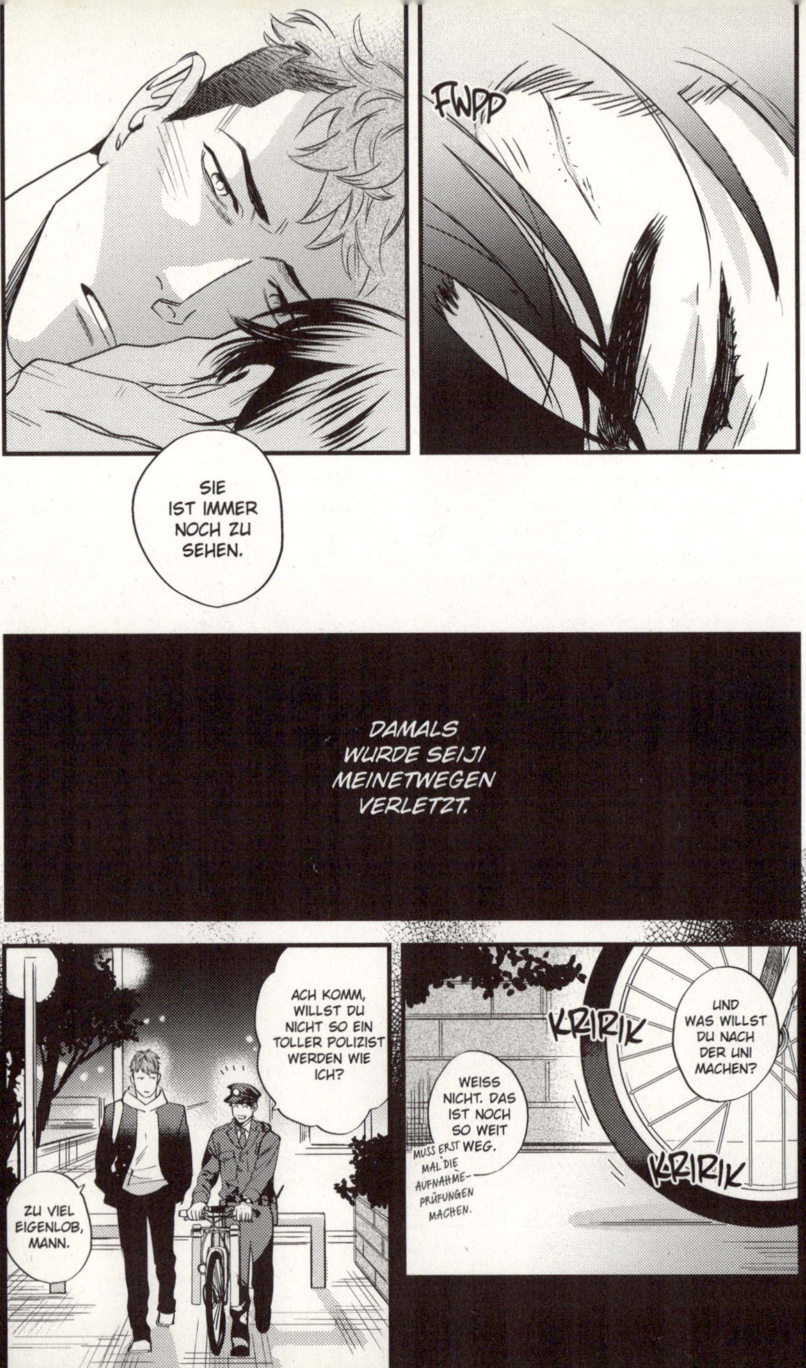
FWPP
SIE IST IMMER NOCH ZU SEHEN.
DAMALS WURDE SEIJI MEINETWEGEN VERLETZT.
KRIRIK
UND WAS WILLST DU NACH DER UNI MACHEN?
WEISS NICHT. DAS IST NOCH SO WEIT WEG.
MUSS ERST MAL DIE AUFNAHME-PRÜFUNGEN MACHEN.
KRIRIK
ACH KOMM, WILLST DU NICHT SO EIN TOLLER POLIZIST WERDEN WIE ICH?
ZU VIEL EIGENLOB, MANN.

AUF JEDEN FALL KÖNNTEN WIR EINEN GROSSEN, STARKEN KERL WIE DICH GUT GEBRAUCHEN.
ICH ÜBERLEG'S MIR.
NA, DANN SIEH ZU, DASS DU OHNE UMWEGE NACH HAUSE KOMMST.
ES IST JA SCHON DUNKEL UND REICHLICH SPÄT.
OKAY.
MACH'S GUT!
HM, ICH BEI DER POLIZEI? GIBT'S DA NICHT 'NE EIGENE SCHULE FÜR?
HEY.
SCHRRT

LANGE NICHT GESEHEN.
WAS GEHT SO BEI DIR?
ICH MEIN, DA KRIEGT MAN DICH 'NE WEILE NICHT ZU GESICHT, ...
... UND PLÖTZLICH BIST DU VOLL DER SPIESSIGE STREBER.
...
UND DANN HÄNGST DU AUCH NOCH MIT 'NEM BULLEN AB.
WIE SOLLEN WIR UNS DENN DA MIT DIR AMÜSIEREN?
HAHAHA
KOMM SCHON, MANN, WIR BRAUCHEN MAL WIEDER EINEN SANDSACK FÜR 'N KLEINES BOXTRAINING.
SORRY, ...
... ABER ICH PRÜGEL MICH NICHT MEHR.
ALSO TSCHAU.
HÄ?

ZAAAAM
AH!
ICH WOLLTE SHIN DOCH WAS GEBEN.
KRM
WRZ
JETZT HAB ICH'S GLATT VERGESSEN.
勝守
* GLÜCK FÜR HERAUSFORDERUNGEN
NA JA, DANN GEB ICH'S IHM EBEN BEIM NÄCHSTEN MAL.
HMM
ABER WER WEISS, OB ICH'S DANN NICHT AUCH WIEDER VERGESSE.
ACH, MIT DEM FAHRRAD HAB ICH IHN JA GLEICH EINGEHOLT.
KEHRTWENDUNG
KRIK
KRIK
KRIK

EY, DER TYP WEHRT SICH NICHT MAL.
MANN, WIE LANGWEILIG. OKAY, PLANÄNDERUNG.
WIR TRAINIEREN BASEBALL STATT BOXEN.
UND DU BIST DER BALL.
JETZT WIRD JAGD AUF DEN RIESEN GEMACHT.
TOCK
ALTER, GEHT DAS NICHT ZU WEIT?
SCHNAUZE, ICH TU DOCH NUR SO.
ICH STOPP GANZ KNAPP VOR IHM AB.
ICH WILL NUR SEHEN, WIE ER SCHISS KRIEGT.
ALSO LOS GEHT'S! HALTET IHN FEST!
ABER TRIFF BLOSS NICHT UNS, KLAR?
SHIT!
MACH ICH SCHON NICHT.

FWUOSCH
HIER KOMMT EIN …
DAS HAB ICH NUR MIR SELBST ZUZU-SCHREIBEN.
GYA
… HOME-RUN!
SHIN!
HA
KRACK

FLIRR

SEIJI !!!
OH, SHIT!
HN!
FWAPP
SEIJI!
LEUTE, LASST UNS AB-HAUEN.
TATATAPP
BIST DU VERLETZT, SHIN?
IST DOCH EGAL, WIE'S MIR GEHT!
WAS SOLL DENN DER MIST? WIESO ...
WANK
POCH
POCH
ICH WOLLTE DIR ... EINEN GLÜCKS-BRINGER GEBEN.
DAS ... WAR JA ... ECHT GUTES TIMING.

BLEIB …
BLEIB EINFACH RUHIG LIEGEN, OKAY?
ICH RUF SOFORT EINEN KRANKENWAGEN.
COOL, ODER?
TPP

DAS IST MEINE AUS-ZEICHNUNG.
GUCK DOCH NICHT SO.
MEINE MUTTER HAT DAMALS GANZ SCHÖN GEHEULT.
SIE WOLLTE, DASS ICH SOFORT KÜNDIGE UND DEN LADEN ÜBERNEHME.
DIE EINNAHMEN WÄREN ZWAR MIES, ABER ICH HÄTTE EIN RUHIGES LEBEN.
AUSSERDEM WAR ICH EINZELKIND UND MEIN VATER STARB, ALS ICH NOCH IN DER MITTELSCHULE WAR.
ALSO WAR ES DOCH MEINE SCHULD, ...
... AUCH WENN DU'S ABSTREI-TEST.

WUPP
NEIN, ICH SAG DOCH, WAR ES NICHT!
ICH HATTE ÜBERHAUPT NICHT VOR, AUF MEINE MUTTER ZU HÖREN.
JA, ABER WIESO DANN?
ALS ICH NOCH ZUR SCHULE GING, WURDE MAL BEI UNS EINGEBRO-CHEN.
MEINE MUTTER LIEF DEM EINBRECHER ZUFÄLLIG ÜBER DEN WEG. ZUM GLÜCK PASSIERTE NICHT MEHR.
ICH WAR DER EINZIGE MANN BEI UNS ZU HAUSE ...
... UND DACHTE, ALS POLIZIST KÖNNTE ICH UNS BE-SCHÜTZEN.
FWP
FRSCH
FRSCH
ALSO GING ICH ZUR POLIZEI.
AM ENDE WURDE MEINE MUTTER ALLERDINGS KRANK ...
... UND ICH ÜBERNAHM DEN LADEN. DAS HAB ICH DIR DOCH ERZÄHLT.
SCHNURR
SCHNURR
DACHTEST DU ETWA, ICH HÄTTE VOR LAUTER SCHOCK HINGE-SCHMISSEN?
ÄHM, NA JA ...
UNTER-SCHÄTZ MICH NICHT!

ABER SAG MAL, WIESO BIST DU EIGENTLICH POLIZIST GEWORDEN?
DAS LETZTE MAL HAST DU MEINE FRAGE JA IGNORIERT.
MHMMMHMM
ICH WEISS SCHON. DEINE LIEBE FÜR MICH WAR SO GEWALTIG, DASS DU NICHT ANDERS KONNTEST,
... SCHÜTZEN ...
HM? WIE BITTE?
BEIM NÄCHSTEN MAL ...
... WOLLTE ICH DICH BESCHÜTZEN.
SHIN ...

WOW ... WAS BIST DU DOCH FÜR EIN EDLER RITTER.
HE HE
HI HI HI HI
PATSCH
PATSCH
DAS SAGT MAN DOCH NICHT ZU EINEM ALTEN KERL WIE MIR.
ABER WO DU SCHON HIER BIST, BESCHÜTZ MICH HALT, ...
POFF
... MEIN GROSSER, STARKER POLIZIST.
BDUMM
SEIN POLIZIST ...
BDUMM
BDUMM
SE... SEIJI ...
BDUMM

MH!
MH!
SHIN, ...
HAH
VERSUCHEN WIR'S ...
... MIT DEM SEX?
WAS?!
HÄ?!
SO PLÖTZLICH!
OH.
ICH DACHTE, DIE STIMMUNG WÜRDE PASSEN.
ABER WENN DU NICHT WILLST ...
VERWIRRT
NEIN, SO WAR DAS NICHT GEMEINT ...
KONDOME SIND IN DER KOMMODE ...
KLATTER
NA, DANN KÖNNEN WIR DOCH.

HAB EINS GEFUNDEN. ♡
KRTZ
...
DU MUSST DICH ZU NICHTS ZWINGEN, WENN DU NICHT WILLST, SEIJI.
SO NÖTIG HAB ICH'S AUCH WIEDER NICHT.
ICH HAB NIE BEHAUPTET, DASS ICH NICHT WILL. UND WAS HEISST, NICHT NÖTIG?
WER HAT DENN SCHON DEN GANZEN TAG ÜBER DIE LATTE STRAMM WIE EINE EICHE IN DER HOSE STEHEN?
DASS DU DICH TRAUST, DAS ZU SAGEN ...
URKS
WIE EINE EICHE?
ABER ICH HATTE DAS GEFÜHL, ...
... DASS DU MIR AUS-WEICHST.

NA JA, WEISST DU, ...
... MIR WAR'S EIN WENIG PEINLICH.
SEX MIT 'NEM KERL IST SCHLIESSLICH NEULAND FÜR MICH.
UND ES MACHT MICH EBEN NERVÖS, OKAY?
ABER ICH HAB NICHTS DA-GEGEN.

MH.
MH!
HFF
SMK
GNRZ
HMMM.
GNN
MH!
SCHLK
MTZ
HAH
HAH
HAH
HAH
PFUAH
HAH, ICH ... KRIEG KEINE LUFT.
BIST DU IMMER SO ...
WAHNSINN!
... LEIDEN-SCHAFTLICH, SHIN?
NEIN, ABER ...

ZUCK
HAH
HN!
SCHLCK
HAH
TSCHLK
MH!
SMK
ENDLICH KANN ICH DICH BERÜHREN.
ACH JA, FAST HÄTTE ICH DIE LAST VON ZEHN JAHREN LIEBE VERGESSEN.
HAH
HAH
HAHAHA! SHIN, DAS KITZELT.
TSCHLK
TSCHLK
HAPP
DU KOMMST MIR VOR WIE EIN GROSSES BABY.
HAPP
HIHIHIHIHI! DAS KITZELT! NICHT, HÖR ...
HEY! SHIN!
AUA!
TSSSSLURP
HA HA HA
SIND MEINE NIPPEL SO LECKER?
BRAV. BRAVER JUNGE.
WUSCHEL
WUSCHEL
DER VERARSCHT MICH SCHON WIEDER.
HFF
HFF
MEIN NIPPEL REISST GLEICH AB.
SORRY, OKAY?
URGH
URGH
URGH

GNZZ
SEIJI ...
BDUMM
SMK
SSHP
ZUCK
FRSCH
!
UWAH!
ZUCK
AH! MOM... SHIN!
AH!
AAH!
GNZZ
DU BIST JA STEIF, SEIJI.
!
MH!
MH!
GNN
HIBBEL
HIBBEL
HALT DIE ...
... KLAP-PE.
FRSCH
AH!
HAH!
FTSCH
FTSCH
HNG!
!
DRIBB
SEIJI.
BEB
ZUCK
MH!
HPF
HPF

HAH!
SCHFF
SCHFF
AH!
FTSCH
FTSCH
HN!
HFF
HAH
SEIJI ...
FTSCH
FTSCH
HÖR AUF, MEINEN NAMEN SO ZU SAGEN.
BRR
!
ZUCK
HFF
HNG!
AAAH ...!
ZUCK
HFF
HAH
HAH
MIR IST SO HEISS ...
AAH ...
ICH HÄTTE NIE GEDACHT, DASS ICH MAL WEGEN SHIN AB-SPRITZE.
TPP
ZUBB
!
TSCHLP
TSCHLP ♡

WAPP
HA... HAAALT !!!
AUSZEIT! AUSZEIT!
WAAAAH
KNIRK
KNIRK
SCH WELL
NEIN, NEIN, NEIN! VERGISS ES!
DER GEHT DOCH NIEMALS REIN!
HILFE! POLIZEI!
ICH BIN VON DER POLIZEI!
DAS WISSEN WIR ERST, WENN WIR'S VERSUCHT HABEN.
NEIN, NEIN, NEIN! MOMENT MAL!
DU PACKST DAS SCHON.
HAH HAH!
UND WOHER WILLST DU DAS WISSEN?!
DA GEHT MIR DOCH DER ARSCH ENTZWEI!
DER IST SCHON ENTZWEI. DAS NENNT MAN ARSCH-BACKEN.
WAH!

DA! ICH HAB WAS REISSEN HÖREN! MEIN ARSCH IST GERISSEN!
DA IST NICHTS GERISSEN!
WATSCH
BWOING
WEGEN DEINEM SCHWANZ!
DER REISST MIR DEN ARSCH ...
... NICHT NUR ENTZWEI, SONDERN IN TAUSEND STÜCKE!
UND WENN DU NICHT AUFPASST, KNACKST DU IHN DIR VIELLEICHT AN!
GEHT MEIN ARSCH KAPUTT, ...
... DANN AUCH DEIN SCHWANZ.
KLAR?
DU HÄTTEST GLEICH SAGEN KÖNNEN, DASS DU NICHT WILLST.
DEPRI
I...
ICH HATTE JA AUCH LUST DRAUF, ...
... ABER ALS ICH DEIN MORDSTEIL GESEHEN HAB ...
TUT MIR LEID.
DU MAGST JA VIELLEICHT ERFAHRUNG HABEN, ...
... ABER FÜR MICH IST ES DAS ERSTE MAL MIT EINEM MANN.

ICH KENN MICH AUCH NICHT AUS.
ES IST NÄMLICH NICHT SO, DASS ICH AUF MÄNNER STEHEN WÜRDE.
HNF
ICH STEH AUF DICH UND WAR IMMER NUR IN DICH VERLIEBT.
SCHMACHT
OOOCH, NA, SO WAS! ICH WUSSTE JA GAR NICHT, DASS ER SO SÜSS SEIN KANN!
DAS WAR JA KLAR! DU HAST ECHT 'NE IRRE AUS-DAUER! ♡
BIST DU ETWA NOCH JUNGFRAU?
WUSCHEL
WUSCHEL
QUATSCH!
DANN INFORMIEREN WIR UNS VORHER BESSER, ...
... WIE DAS ZWISCHEN MÄNNERN FUNKTIONIERT.
TOFF
OKAY?
OKAY.

EILE MIT WEILE, WIE'S SO SCHÖN HEISST. LASS UNS ERST MAL EIN DATE HABEN.
ICH KANN DEN LADEN JEDERZEIT SCHLIESSEN.
UNTERNEHMEN WIR WAS, WENN DU MAL FREI HAST.
!
HIBBEL
DANN LASS UNS DOCH NÄCHSTE WOCHE ZUM TANABATAFEST ...
OH.
TUT MIR LEID, ABER DER HANDELSVERBAND BRAUCHT MICH AN DEM TAG.
ICH MUSS BEIM FEST DIE AUFSICHT MACHEN.
...
ESSEN WIR DIE LUNCHBOXEN, DIE ICH ZUM MITTAG GEKAUFT HAB.
...
JETZT SCHMOLL DOCH NICHT, SHIN.
ICH FÜTTER DICH AUCH.
MH.
HIER, SAG „AH".
GARNELE
AH!
BWASCH

KAPITEL 4
SCHOKOBANANEN
YAKIS
Auskunft Polizei-station
ACH MENSCH, WO BLEIBT MICHIYO DENN?
ES IST SCHON LÄNGST ZEIT FÜR DIE ABLÖSE.
DIE HAT SICH SICHER WIEDER IRGENDWO VERQUATSCHT.
STARR
UND DU HAST DOCH AUCH FREI, SHIN.
WOBB
NUR WEIL MAKI MAL KURZ WEG WOLLTE, …
… HÄTTEST DU NICHT GLEICH ÜBERNEHMEN MÜSSEN.
HÖRST DU MIR ÜBERHAUPT ZU?
HUCH
HÄ?
JA, KLAR.

WAS HAST DU?
ACH, NICHTS ... ICH WAR NUR ERSTAUNT, ...
... DASS DU EINEN YUKATA TRÄGST.
FWP
HÄ?
MICHIYO BRINGT MIR JEDES JAHR EINEN MIT.
UNGE-FRAGT.
EIN ALTER YUKATA VON MEINEM MANN. DER HAT GENAU DEINE GRÖSSE.
DIESES JAHR IST CHIKO DRAUF EINGE-STICKT.
KIND-IM-MANNE-AURA
NIEDLICH, ODER?
VERSCHOSSEN-IN-SEIJI-AURA
JA.
GENAU WIE DU, SEIJI.
...
HNNG
?

MANN, LOS JETZT!
BESORG UNS WAS ZU ESSEN!
GRSCH
WAS? WIESO DENN PLÖTZLICH?!
GEH EINFACH!
GRSCH
UND KAUF UNS ZUCKERWATTE ODER IRGENDWAS!
FRIED CHICKEN
?
?
DER IST JA RIESIG...
EIN RIESE!
PUUUH!
FWOMP
MIST! WAS MUSS DIESER BLÖDMANN AUCH SO EINE LIEBESTOLLE AURA AUSSTRAHLEN?
IHM SCHIESST DIE LIEBE AUS ALLEN POREN.
MENSCH, ICH KRIEG DIE KRISE!
DAS IST SO PEINLICH!
ARGH
ARGH
DURCH WAS FÜR EINEN BEAUTY-FILTER BETRACHTET ER MICH EIGENTLICH?
BUDE
LÄRM
LÄRM
ICH LASS MICH JA ECHT LEICHT MITREISSEN ...
RAUN
LÄRM

NEKOMON
WELCHE DARF'S DENN SEIN?
EINE PACKUNG ZUCKERWATTE, BITTE.
ÄHM, ... DIE MIT DER KATZE.
DAS MACHT 500 YEN*.
HEY, SHIN!
HERR MAKI.
ALSO WIRKLICH, DU BIST SO GROSS, ...
... DICH ERKENNT MAN SCHON VON WEI-TEM.
OH, DA HAST DU JA WAS NIEDLICHES GEKAUFT.
PASST GAR NICHT ZU DIR.
IST NICHT FÜR MICH.
HAT DICH DER KERL GESCHICKT?
NICK
FRANKFURTER
ACH JA, WAS IST AUS DEINER BEKANNT-SCHAFT VOM SINGLE-ABEND GEWORDEN?
ICH DACHTE, IHR WÄRT VIELLEICHT ZUSAMMEN AUF DEM FEST.
NEIN, SIE MUSS ARBEITEN.
ABER ER IST HIER.

* CA. 3,85 EURO

JETZT ZEIG MIR DOCH WENIGSTENS EIN BILD VON IHR. IMMERHIN HAST DU'S MEINER ABSAGE ZU VERDANKEN, DASS DU DORT WARST.
STUPS STUPS
NEIN, LIEBER NICHT.
ACH, KOMM SCHON! WIE IST SIE DENN SO?
IST SIE SÜSS?
NA JA, RECHT UN-BESCHWERT UND ETWAS SCHWER ZU FASSEN, ...
... ABER JA, AUCH SEHR SÜSS.
DU BIST JA VOLL VER-KNALLT!
BEHAN-DELT MICH ALLERDINGS OFT WIE EIN KIND ...
... UND NIMMT MICH NICHT GANZ ERNST.
ABER WIE ALT IST SIE, DASS SIE DICH WIE EIN KIND BE-HANDELT?
UM ZEHN JAHRE ÄLTER.
ZEHN?!
JETZT BIN ICH ERST RECHT NEU-GIERIG!
JA.
ZEIG MIR EIN BILD!
NEIN.

ICH HAB GESAGT! DAS KLO IST DRÜBEN! AUF DER ANDEREN SEITE!
WAAAS?
DRÜBEN! OKAY?
ZUPP
WAS? ZUM MINI-MARKT? DA MÜSSEN SIE DEN HÜGEL RAUF.
ZUPP
TAPP
HALLO, SEIJI, DA SIND WIR WIEDER.
TAPP
ACH, DA IST JA EINER FLEISSIG.
WO ZUM GEIER WART IHR SO LANGE?!
TUT MIR LEID. DIE KLEINE HIER HAT SICH VERLAUFEN.
UND...
ICH HAB SIE MIT DER ZUCKER-WATTE GETRÖSTET.
NA SICHER! MACHT DOCH NICHTS.
DEINE MAMA WIRD GLEICH DA SEIN.

BUDENAUFSICHT
Auskunft
Polizei-
station
DU KANNST PAUSE MACHEN, SEIJI.
DANKE!
DANKE DIR, SHIN.
NICHT DOCH.
GEHEN WIR, SHIN.
OKAY.
DIE BEIDEN VERSTEHEN SICH JA PRÄCHTIG.
JA, STIMMT.
ICH HAB KOHLDAMPF!
MAN SIEHT SIE IN LETZTER ZEIT OFT ZUSAMMEN.
LÄDST DU MICH AUF WAS EIN, SHIN?
JETZT SAG NICHT ...
HUCH
DOMM
NEIN, DAS KANN NICHT SEIN ...

RAUN
LÄRM
WAS ES INZWISCHEN NICHT ALLES FÜR STÄNDE GIBT ...
HÜHNERSPIESSE
DÖNER KEBAB
FRISCHE HÜHNERSPIESSE!
RAUN
LÄRM
WAHNSINN!
GUCK MAL, DAS FLEISCH!
FRÜHER BEKAM MAN HIER NOCH KEINE CRÊPES.
HM, WAS NEHM ICH DENN JETZT?
SCHOKO
HEIDELBEERE
KARAMELL
MANGO
BANANE
ERDBEER
MACHA
400 P*
NA, SO SCHWER IST DAS DOCH NICHT.
MÖCHTEST DU EINEN?
BANANE
DU VERSPRITZT KETCHUP.
NEIN, DANKE! DAS WÄRE DOCH PEINLICH IN MEINEM ALTER.
ZEIG MIR EINEN ALTEN KERL, DER CRÊPES ISST. SO WAS GIBT'S ...
WAPP
WAPP
... OFFENBAR DOCH!!!
CRÊPES

* CA. 3,20 EURO

CASTELLA
FEIX
NA, WAS IST DAS DENN?
EIN PIMMEL?! DU SCHMUTZFINK!
...
FUTSCH
NANU?
DODOMM
WAAAH!
HUCH, DER IST JA RIESIG.
SO RIESIG!
EIN RIESE!
ICH LAUF NIE WIEDER GEGEN DEN STROM!
WAS FÜR EIN GEDRÄNGE!
HFF
RUCK
HFF
HIER.
WENN DU VOR MIR BLEIBST, BIST DU SICHER.
O...
OKAY.
AH! SHIN! GEHEN WIR ZUR SCHIESSBUDE!
WAPP
...

ANLEGEN!
SWT
FEUER!
PANG PANG PANG
NACH-LADEN!
FEUER!
PIFF PIF
TANZ TANZ LÖWENTANZ
PIFF
KLATSCH IN DIE HÄNDE♪
WACKEL
TANZ TANZ LÖWENTANZ
WACKEL
TANZ TANZ LÖWENTANZ
BWOFF
U W O O OOH!!
HAST DU DIR VERDIENT, DU HALUNKE!
ER IST KEIN HALUNKE!
ER IST POLIZIST!

ICH MUSS SCHON SAGEN, ...
... DAS WAR 'NE TOLLE LEISTUNG!
DU BIST EIN PRIMA SCHARF-SCHÜTZE.
STARR
TJA, ...
DA KOMMEN DIR DIE LANGEN ARME SICHER ZUGUTE.
MH!
HAMM
HAMM
TANZ TAN
LÖWENTANZ
WAS KÖNNTE ICH CHIKO MITBR...
WAS HAST DU?
NICHTS.
LÜSTER
LÜSTER
WAPP
?
OH! ZIEHEN WIR EIN ORAKEL-LOS!
GLÜCKSORAKELLOSE
ORAKELLOS
RASCHEL
RASCHEL
KOMM SCHON! GIB MIR „GROSSES GLÜCK"! „GROSSES GLÜCK"!

TADAAAH!
GLÜCKSORAKEL
GROSSES UNGLÜCK
JAWOLL! „GROSSES GLÜCK"! ICH HAB EBEN EIN HÄNDCHEN DAFÜR!
WAS HAST DU, SHIN?
LASS SEHEN.
FLIPP
ICH …
…
GLÜCKSORAKEL
GROSSES UNGLÜCK
ZITTER
ZITTER
WOW … DU SCHEINST AUCH EIN HÄNDCHEN DAFÜR ZU HABEN.
MACH DIR NIX DRAUS. ☆
DÖDÖMM
NA KOMM, KOPF HOCH.
ZUR FREIEN ENTNAHME
GUCK MAL, DA GIBT'S WUNSCHZETTEL.
LASS DIR DAMIT EINEN WUNSCH ERFÜLLEN.
EINEN WUNSCH …

* WUNSCH

LINS
HMMM
KRITZ
KRITZ
SWP
BLAFF
NICHT GUCKEN, DU SPANNER!
SPANNER?
FERTIG!
LOS, GEH DA RÜBER!
IST JA SCHON GUT.
WC
RASCHEL
HM?
RASCHEL
...

PIKS
WAS HAST DU AUF DEINEN ZETTEL GE-SCHRIEBEN?
WENN DU'S MIR NICHT VERRÄTST, VERRAT ICH ES DIR AUCH NICHT.
HNF
WIE GEMEIN.
ZIZIRP
ZIZIRP
TOMM
HAHA HAHA HAHA
TOMM
DAS ESSEN AN DIESEN BUDEN …
… IST JA EIGENTLICH NICHTS BE-SONDERES.
ABER ICH SCHÄTZE MAL, ES SCHMECKT DEN LEUTEN SO GUT, …
ZIZIZIRP
… WEIL SIE SPASS HABEN.
ZIZIRP

ZIZIRP
ZIZIRP
SCHMECKT …
SCHMECKT ES DIR AUCH?
HM?
JA, TUT ES.
OH!
SORRY, JETZT HAB ICH ALLE WEGGE-FUTT…

MTZ
MUSST DU MICH ...
... IMMER SO ÜBERRUMPELN?
TUT MIR LEID.
NUR GANZ KURZ.
VON WEGEN, NUR GANZ KURZ.
HIER SIND LEUTE IN DER NÄHE.
AUSSERDEM SCHMECK ICH DOCH ...
... NACH TAKOYAKI!
STÖRT MICH NICHT.
WAR JA KLAR.
SEIJI.
HAPP
MH!

ZIZIRP
MTZ
MH!
HNG!
ZIZIRP
SMK
HAH!
DAS KUSS-MONSTER IST ZURÜCK.
MTZ
MTZ
SCHRFF
HNG!
ZUCK
SMK
SSLIPP
UWAH!
GRAPP
HAH …
UH!
HAH
DU HAST GESAGT, WIR SOLLEN UNS VORHER INFORMIEREN.
SHI…
SHIN!
NICHT HIER, VERDAMMT!
ZUCK
AH!
SLIPP
ALSO …
… HAB ICH RECHERCHIERT, …
… WIE MAN'S RICHTIG MACHT.

BDUMM
ICH MÖCHTE …
… SO GERNE MIT DIR SCHLAFEN.
GNN
BDUMM
BDUMM
…
MANN! NICHT HIER, HAB ICH GESAGT!
KRATZ
KRATZ
HAST DU VERGESSEN, WO WIR SIND?!
WAPP
… HAUSE …
HÄ?

GEHEN WIR NACH HAUSE.
!
UND WAS IST MIT DEINER ARBEIT ALS AUFSICHT?
KEIN PROBLEM. DAS FEST IST SOWIESO GLEICH VORBEI.
AUSSERDEM MUSS ICH CHIKO REIN-LASSEN.
DIE WIRD SCHON VERZWEIFELT MAUNZEN.
IM TIEF-SCHLAF
ZUCK
SCHNURCH
ZUCK
...
LINS
AH, MICH HAT EINE MÜCKE GESTOCHEN!
KRATZ
KRATZ

ER HAT VORGESCHLAGEN, NACH HAUSE ZU GEHEN.
DAS JUCKT.
KRATZ
KRATZ
DAMIT HAT ER DOCH SICHER GEMEINT, DASS ER DORT WEITERMACHEN WILL!
BWU
OOO
SEX
OOO
DER ZEITPUNKT IST DA!
SACHEN
TT
ICH MUSS MICH BEEILEN, BEVOR SEIJI SEINE MEINUNG ÄNDERT.
OH!
ZA
KÖNNEN WIR KURZ BEIM MINIMARKT VORBEI?
ICH MUSS DRINGEND AUFS KLO.
...
KAUF UNS DOCH INZWISCHEN WAS ZU TRINKEN.
MACH ICH.
DINGELING
DINGELING
GUTEN ABEND!
OH!
UND VERGISS NICHT ...

... DIE RICHTIGEN KONDOME FÜR DICH.
!
BDUMM
BDUMM
コスメ
JE...
JETZT ...
BDUMM
BDUMM
... BIN ICH PLÖTZLICH AUCH NERVÖS.
DINGELING
DINGELING
WELCHE NEHM ICH?
TOFF
ERNST
BIG GUY
XL
002
OH...
VERZEIHUNG.

KLACK
DAMIT SOLLTE ICH ALLES HABEN.
ES GAB KEIN GLEITGEL.
DAS OLIVEN-ÖL WIRD IHN …
… SICHER NICHT SO FREUEN.
KYAAAAH
HIEK!
コピー
GE…
GELD …
GELD HER!
LOS, RÜCK DAS GELD RAUS!
UND BLOSS KEINE SPIEL-CHEN!
ALLE ANDEREN SOFORT RAUS HIER!

FSS SSCH
AAAH …
DAS WAR KNAPP! WIESO MUSS ER MIR AUCH SO ZÄRTLICH INS OHR HAUCHEN, DASS ER MIT MIR SCHLAFEN WILL? SO WAS HINTERHÄLTIGES!
DABEI WOLLTE ICH DOCH MIT ERWACHSENER GELASSENHEIT BEI DER SACHE BLEIBEN.
FAST WÄR'S DORT AN ORT UND STELLE PASSIERT.
WIE ER MICH ANGEFLEHT HAT …
NA JA, ER WARTET JA AUCH SCHON EWIG DRAUF.
ALS MANN KANN ICH DAS NACHVOLLZIEHEN.
DANN ADIEU, SÜSSE UNSCHULD.
DU BIST WORTWÖRTLICH IM ARSCH.
SQUISCH
ABER KANN SEIN DING DA ECHT REINGEHEN?

KLIRR
WAS IST DENN DA LOS?
ETWA 'NE PRÜGELEI?
TWOFF
WAAH
TWOFF
SCHWUPP
KEINE BEWEGUNG, HAB ICH GESAGT!
WAS ZUM TEUFEL WILLST DU?!
KOMM JA NICHT NÄHER!
HEY, KASSEN-TUSSI, RÜCK ENDLICH DAS GELD RAUS!
LASS DAS MESSER FALLEN.
DAS KÖNNTE DER GESUCHTE MINIMARKT-RÄUBER SEIN.
ICH BIN VON DER POLIZEI.
POLIZEIMEISTER SHIN NAKAMOTO
POLICE

BE-TÄTIGEN SIE DEN NOTRUF!
UND LASSEN SIE KEINEN MEHR REIN!
O... OKAY.
SCHEISSE! WAS MACHT DER BULLE HIER?!
SIND HIER NOCH ANDERE KUNDEN ODER PERSONAL?
SEIJI !!!
SCHLEICH
JETZT MACH SCHON, VERDAMMT NOCH MAL!
BITTE TUN SIE MIR NICHTS!
WAS HAT ER VOR?
PSSST
„PSSST“?! WILL ER IHN ETWA VON HINTEN ÜBER-WÄLTIGEN?
SCHLEICH
SCHLEICH
SCHLEICH

GLUGLUCKS
GLUGLUCKS
AUF DIE RÜBE!
ICH LENK IHN AB! UND DU SCHNAPPST DIR SEIN MESSER!
GLUGLUCKS
SEIJI! NICHT! DIE FLASCHE GLUCKERT!
OH.
GLUCKS
ICH VOLL-IDIOT!!!
WER BIST DU ARSCH-LOCH?!
WO ZUM TEUFEL KOMMST DU PLÖTZ-LICH HER?!
MIST, WAS MACH ICH JETZT? ICH KÖNNTE IHM DIE LIMO INS GESICHT SPRITZEN, ...
... ABER DIE MASKE SCHÜTZT SEINE AUGEN.
DIE MASKE?

DER MINIMARKT IST DA DRÜBEN!
DAS IST DER TYP, DER MICH AUF DEM FEST NACH DEM WEG GEFRAGT HAT!
DU VERDAMMTER ...
... MIST-KERL!
TONK
URGH!
TAUMEL
KLATTER
KATOCK
MIST!
KAKLINK
KAKLANK
SHIN! ER DARF DAS MESSER NICHT KRIEGEN!
WAPP

SCHEISSE!
GRAPP
GRAPP
DU MIESER ...
FWOSCH
!
OH NEI...
SEIJI!
RUCK
TWOMP
AU!
KLATTER
WAPP

TRACK

UWAAAAH
PLITT PLITT
SHIN!
ALLES OKAY?!
DRIP
DRIP
SHIN!
SHI... SHIN?
HEY!
WANK
WANK
DU KIPPST JA GLEICH UM!
GEH ZURÜCK.
SHIN?!
HALLOOO?!
DOOOMM
GRAPP
HIEKS!
DU BIST HIERMIT WEGEN RAUBÜBERFALL, KÖRPERVERLETZUNG ...
... UND WIDERSTAND GEGEN DIE STAATSGEWALT ...
RUCK
HÄ?!

BWAPP
BWAPP
... FESTGE-NOMMEN!
TW
HAH
HAH
GWÄRCH
FWIIN
ALLES OKAY?!
FWIIN
WO IST DER TÄTER?!
SHIN!
WAS? SCHON GE-SCHNAPPT?!
GEHT'S DIR GUT?!

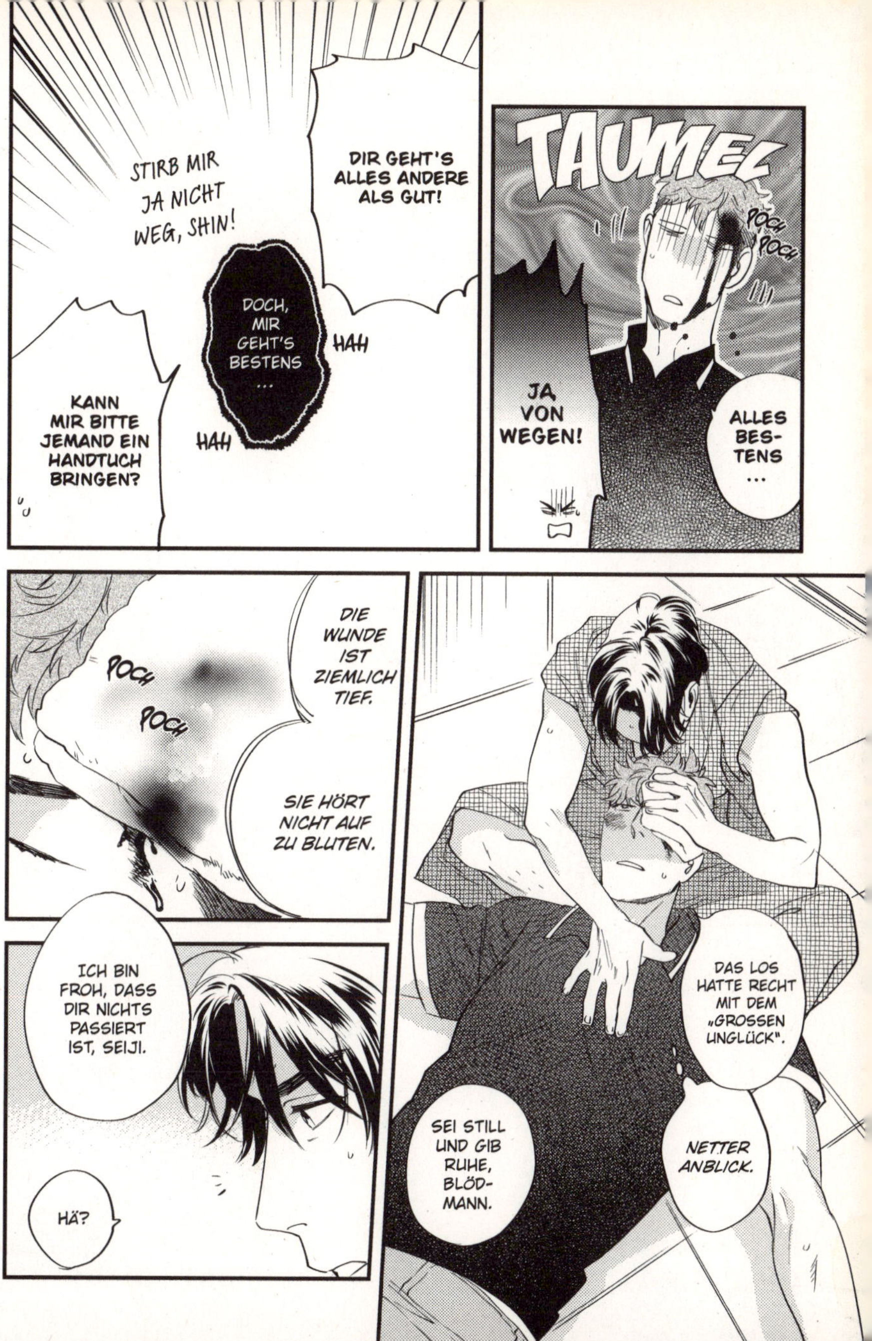
TAUMEL
POCH POCH
ALLES BESTENS ...
JA VON WEGEN!
DIR GEHT'S ALLES ANDERE ALS GUT!
STIRB MIR JA NICHT WEG, SHIN!
DOCH, MIR GEHT'S BESTENS ...
HAH
HAH
KANN MIR BITTE JEMAND EIN HANDTUCH BRINGEN?
DAS LOS HATTE RECHT MIT DEM „GROSSEN UNGLÜCK".
NETTER ANBLICK.
SEI STILL UND GIB RUHE, BLÖD-MANN.
DIE WUNDE IST ZIEMLICH TIEF.
POCH
POCH
SIE HÖRT NICHT AUF ZU BLUTEN.
ICH BIN FROH, DASS DIR NICHTS PASSIERT IST, SEIJI.
HÄ?

ICH HAB DOCH GESAGT, ...
... DASS ICH DICH BESCHÜTZEN WERDE.

DAS HAST DU.
DANKE DIR.
KEIN DING.
ALLER-DINGS ...
JA?
... MÜSSEN WIR DEN SEX WIEDER AUFSCHIE-BEN.
!
ICH GLAUB, DIE BLUTUNG HAT AUF-GEHÖRT.
HÄ?!
DU MUSST INS KRANKEN-HAUS UND WIR MÜSSEN EINE AUSSAGE MACHEN.
UWAH!
TATÜ TATA
ICH HOFFE, ES IST NICHT ERNST.
HM?
XL
BIG GUY
XL
OH, MEIN ARMER ARSCH KNEIF ...

KRANKENHAUS
SO, DAS WAR'S AUCH SCHON.
DAMIT SIND DIE FÄDEN DRAUSSEN.
BEI DER UNTERSUCHUNG WAR AUCH ALLES OKAY.
HATTEN SIE IN LETZTER ZEIT EVENTUELL KOPFSCHMERZEN?
NEIN, ALLES BESTENS.
GUT. BITTE VERMEIDEN SIE VORSICHTSHALBER KÖRPERLICHE ANSTRENGUNG.
OKAY.
UND SCHONEN SIE SICH BEI DER ARBEIT.
GUTE BESSERUNG.
VIELEN DANK.
AUSKUNFT
DING
Herr Tanaka, bitte auf Nummer zwei.
GUCK GUCK
Bitte beachten Sie die heutigen Ambulanzzeiten.
KAPITEL 5

OH.
DA IST ER JA.
SEIJI, ICH BIN FERTIG.
NA, SO WAS, ER SCHLÄFT.
NICK
CHRRR
BLOFF
WANK
WANK
SCHRECK
TOFF
NGACH

20 MINUTEN SPÄTER
WECK MICH DOCH!
WWNNN
KRRR
FLIRR
FLIRR
IST DAS EINE HITZE!
FLIRR
FLIRR
DU HÄTTEST DOCH NICHT EXTRA MITKOMMEN MÜSSEN.
ES IST HEISS UND DU HAST DEN LADEN.
ZIIIRP ZIRP
ZIRP
SCHWEL
ZIRP
ZIRP
STARR
FLIRR
HA?!
HNF! SOSO. NA, ICH VERSTEH SCHON.
DABEI HAB ICH NUR AUS SORGE MEINE ZEIT FÜR DICH GEOPFERT.
URKS

NA TOLL, …
… DAS IST ALSO DER DANK DAFÜR.
SEI…
ÄÄÄTSCH! REINGELEGT!
MACH DIR NICHT INS HEMD. WEGEN SO WAS WÜRD ICH DOCH NICHT SAUER WERDEN.
DU BIST ECHT SO LEICHT AUS DER FASSUNG ZU BRINGEN, WENN'S UM MICH GEHT.
STIMMT.
ZWOSCH
BADUUM
FLIRR
OH.
SCHWEL
ICH GLAUBE, DA WERDEN DIE TANABATA-WUNSCH-ZETTEL VERBRANNT.
ZIRP ZIRP
ZIIIRP ZIRP ZIRP

KNISTER
KNISTER
WAS HAST DU JETZT EIGENTLICH GESCHRIEBEN?
ÄHM, ... DAS ...
ALSO ...
... WAS SCHMUTZIGES?
NEIN! SAG MIR LIEBER, WAS DU GESCHRIEBEN HAST!
NA JA, DU WEISST SCHON ...
FLIRR
FLIRR
POLIZIST ZU SEIN, IST NICHT UNGEFÄHRLICH.
UND DANN ZIEHST DU AUCH NOCH SO EIN MIESES LOS.
ALSO WOLLTE ICH DIR WAS VON MEINEM „GROSSEN GLÜCK" ABGEBEN.
ICH HAB DAS LOS MIT AUFGEHÄNGT ...
Ich wünsche mir, dass Shin jeden Tag wohlbehalten übersteht.
Seiji
... UND MIR GEWÜNSCHT, DASS DIR NICHTS ZUSTÖSST.
ZIIIRP
ABER WEIL ICH MICH SO DÄMLICH ANGESTELLT HAB, ...
... IST DIR ERST RECHT WAS PASSIERT.
ZIRP
ES WAR VÖLLIG UMSONST.
ZIRP

NEIN, WAR ES NICHT.
FRRS
SCH
IMMERHIN BIN ICH DOCH JETZT HIER.
WENN DEIN WUNSCH NICHT GEWESEN WÄRE, …
… WÄRE ES VIELLEICHT SCHLIMMER AUSGEGANGEN.
ZIRP
FRSCH
ICH HAB DIE GANZE FAHRT ZUM KRANKENHAUS ÜBER IMMER WEITER GEBLUTET.
ICH GLAUBE, DEIN „GROSSES GLÜCK" HAT MIR WIRKLICH GEHOLFEN.
ZIRP
ZIRP
ZIRP
FRSCH
ZIRP
ZIIIRP
MEINST DU?
ZIRP
ZIRP
JA, MEIN ICH.
ZIRP
OKAY!
ZIRP

NA, DANN SEI MIR MAL SCHÖN DANKBAR!
HAHAHAHA
TOFF
WIE SCHNELL ER UMSCHALTET ...
MHM.
ZIRP
ZIRP
ZIRP
ZIRP
UND?
WAS HAST DU DIR GE-WÜNSCHT?
!
BDUMM
DA...
ZIRP
ZIRP
DAS ... ÄHM ...
ALSO DOCH WAS SCHMUT-ZIGES.
NEIN!
UND DAS TRAUST DU DICH, ZWISCHEN DIE UNSCHULDIGEN KINDER-WÜNSCHE ZU HÄNGEN?

BDUMM
ICH HAB MIR GEWÜNSCHT, ...
BDUMM
... DASS DU MEINE LIEBE ...
... EINMAL WIRKLICH ...
BDUMM
... ERWIDERST.
BDUMM
IM MOMENT BIN NUR ICH VON UNS BEIDEN WIRKLICH VERLIEBT.
ICH GLAUBE SCHON, DASS ER MICH LEIDEN KANN, ...
... ABER DAVON ABGESEHEN SPIELT ER VIELLEICHT BLOSS MIT.
„HÖR MAL, ICH MÖCHTE ..."
„... DEN KERL LIEBEN LERNEN, DER MICH SO LIEBT."

ZIRP
FINDET ER DAS JETZT KINDISCH?
ZIRP
ER HAT GESAGT, ER WILL MICH LIEBEN LERNEN.
ICH FRAGE MICH, OB ICH SCHON EIN WENIG IN SEINEM HERZEN BIN.
ZIRP
ZIRP
DER WUNSCH …
… IST DOCH SCHON LÄNGST IN ERFÜLLUNG GEGANGEN.
ODER …
… ETWA NICHT?
NANU?

GURU GURUCK
PWICK
WIE GUCKST DU DENN?
NA JA, ...
... DU HAST DOCH NOCH MIT KEINEM WORT ERWÄHNT, ...
... DASS DU MICH LIEBST.
NA, HÖR MAL! WÜRDEST DU ETWA JEMANDEN KÜSSEN, DEN DU NICHT LIEBST?!
WÜRDEST DU DIR VON JEMANDEN IM SCHRITT RUMSPIELEN LASSEN, DEN DU NICHT LIEBST?!
WÜRDEST DU MIT SO JEMANDEN VIELLEICHT AUF EINEM FEST EIN DATE HABEN?!
HÄÄÄH?!
GROAAAR
BIST DU FÜNF, ODER WAS?!
TUPP TUPP TUPP
WÜ...
WÜRD ICH NICHT.
HMPF HMPF
WO IST DER GROSS-SPURIGE KUSSDIEB HIN VERSCHWUNDEN, ...
... DER WOLLTE, DASS ICH IHN NEHME, WENN ICH EINEN MANN WILL?!

DOOOMM
WSCH
ABER DU HAST RECHT. ICH HÄTTE ES SAGEN SOLLEN.
KEINE SORGE.
ICH MAG DICH AUCH.
FWOOO
OKAY.

WAPP
NA GUT, DAS HÄTTEN WIR! GEHEN WIR AUF DEM HEIMWEG NOCH BEIM SUPERMARKT VORBEI?
WIR KÖNNTEN HEUTE ABEND DOCH YAKINIKU MACHEN!
DAS GIBT ORDENTLICH KRAFT!
ZIRP
ZIIIRP
SEIJI.
ZIRP
ZIRP
DANKE.
ZOSCH
ZIRP
HN ...
LOS, WETTRENNEN BIS ZUM SUPERMARKT! WER VERLIERT, GIBT EIN EIS AUS!
ZIIIRP
ZIRP
?!
ZIIIRP
ZIIIRP
FERTIG, LOS!
ZIIIRP
HEY!
FLIRR
GEWONNEN!
HAAH
HAAH
SOLL ICH DICH SCHIEBEN?
HAAH
HUFF
HUFF
HAAH
HAAH
HALT DIE KLAPPE!

TAPP
SWISCH
SWISCH
DANKE, DAS WAR LECKER.
PUUUH, BIN ICH VOLL!
ICH MACH DEN ABWASCH.
PFUI!
WIRKLICH? DANKE!
DU BIST DER BESTE, SHIN! ♡
PI
FF
BRINGST DU MIR AUCH DAS EIS? ♡
KLACKER
KLACKER
HIER.
AB ÜBERMORGEN BIST DU WIEDER IM DIENST, RICHTIG?
VANILLE
MHM.
DANKE DIR!
ES HIESS ZWAR, ICH SOLL ANSTRENGUNGEN VERMEIDEN, …
ZUCK
ZUCK
KÜHL
DIE WUNDE IST GUT VERHEILT, ABER BIST DU SICHER, …
… DASS DU WIEDER FIT BIST?
PFUI!
MIAU
… ABER SO WAS WIE NEULICH KOMMT JA EH NUR SELTEN VOR. ICH BIN FIT GENUG.

DER RÄUBER …
… WAR ALLERDINGS AUCH IN PANIK.
FSSSSSCH
KLACKER
UND AUCH GANZ SCHÖN HART IM NEHMEN.
KLACK
FSSSCH
ICH HATTE DAMALS MEINE SCHIRM-MÜTZE AUF, ABER DU HAST DIE FLASCHE JA DIREKT ABBEKOMMEN.
QUIK
ICH SCHÄTZE, ER HAT AUCH GAR NICHT RICHTIG GETROFFEN, …
… WEIL ICH EINEN GANZEN KOPF GRÖSSER WAR.
!
UND DANN WAR DA JA NOCH DEIN WUNSCH …
SWUPP

DA WIRD WOHL ...
SWT
TPP
... EINE NARBE ZURÜCK-BLEIBEN.
DAS MACHT NICHTS.
DAS IST MEINE AUSZEICH-NUNG.

IST DOCH COOL, ODER?
HAHAHA!
PWATSCH
PWATSCH
JETZT ÄFF MICH NICHT NACH, MANN!
FRSCH
ABER JA, SO GESEHEN ...
... IST DAS JETZT UNSER PARTNER-LOOK.

NOCH DAZU AN GENAU DER GLEICHEN STEL...
SWUPP
...LE ...
SMK
TOFF
MH!
HMM!
HFF
HFF
HFF
HAH
HAH
TSCHLK
HAL
SHI...
... NG!
HAPP
SLIP
MTZ
TSCHLK
GRAP
MMH ...
MH!
HFF
HNG!
HFF
FWUPP

HAAH ... DU SOLLST DOCH ...
... AN-STRENGUNGEN VERMEIDEN.
HAH
HAH
HAAH HAAH
MMH
MMH
DANN MÜSSEN WIR EBEN AUFPASSEN, DASS ES NICHT ZU HEFTIG WIRD.
WAS DU NICHT SAGST ...
...
FWIPP
FWIPP
STARR
GLOTZ
OKAY, DANN LASS UNS WENIGS-TENS ...
... IN EIN ANDERES ZIMMER GEHEN.
MIAUUUU
WAS MACHT IHR DENN DA?
MIAUUUU
WAS MACHT IHR DENN DA?
...

PLOFF
UND HOPP!
ICH BREITE MAL ZWEI FUTONS AUS, OKAY?
DANN KANNST DU DICH SCHRÄG DRÜBERLEGEN UND STEHST NICHT UNTEN RAUS.
EIN T-SHIRT VON SEIJI
OH, HAST DU DEN STÖPSEL IN DER WANNE RAUS-GEZOGEN?
PTCH
PTCH
JA.
HAU RUCK!
FRSCH
FRSCH!
...
HIBBEL
POFF
POFF
HIBBEL
HIBBEL
!
Taschentücher
XL

BIG GUY
SUPERGLITSCH GLEITGEL
DA FÄLLT MIR EIN, UNSER EINKAUF NEULICH WURDE DOCH UNTER-BROCHEN.
ABER JETZT HAT ER DIESE SACHEN HIER.
SUPER-GLITSCH ...
DAS HEISST, SEIJI MUSS SIE EXTRA BESORGT HABEN!
STIMMT DIE GRÖSSE?
HASP
!
JA.
WIRKLICH? OHNE SCHEISS?
ÄHM, ... JA.
DER ARSCH-RISS STEHT FEST!
OKAY ...
SHIN.
??
KOMM SCHON.
POFF
POFF
HNG
OH!
HAHA!
SCHLURF
SCHLURF

SEIJI.
TOFF
NA, DU BIST JA HEUTE LIEBES-BEDÜRFTIG.
BDUMM
BDUMM
NICHT, DASS DU DAS NACHHER BEREUST.
ERWARTE KEIN MITLEID, ...
... WENN DICH MEIN ALTER SCHWABBEL-KÖRPER ENTTÄUSCHT.
SQUISCH
DAS SOLLTE EIGENTLICH ICH SAGEN!

ZEHN JAHRE SIND 'NE LANGE ZEIT.
GUCK, MEIN WASCHBÄRBAUCH!
WOBB
ALS OB DU MICH JEMALS ENTTÄUSCHEN KÖNNTEST.
GRAPP
UGH!
WAS GLAUBST DU, WIE SEHR ICH AUF DIESEN MOMENT GE- HOFFT HAB?!
TWOFF
ICH WOLLTE DICH SEIT EWIGKEITEN FÜR MICH HABEN, ABER DU WARST UNERREICHBAR.
HAH
HAH
KNIRZ
JA, DU MUSSTEST GANZ SCHÖN LANGE WARTEN.
ABER KEINE SORGE, JETZT HAST DU MICH JA.
ICH GEHÖR DIR.
ALSO NIMM DIR DIESEN ...
... HEISS ERSEHNTEN TRAUMBODY!
HAHA!
WAPP
WUSCH
WUSCH

MH.
SEIJI.
ZUCK
HAH
HAPP
HFF
ER GEHÖRT MIR.
MMH!
SMK
MTZ
ALLES ...
HAH
SCHLCK
... MEINS ...
!
HAH
HAH
...
MTZ
SSSLIP
FRSCH
!
ZUCK

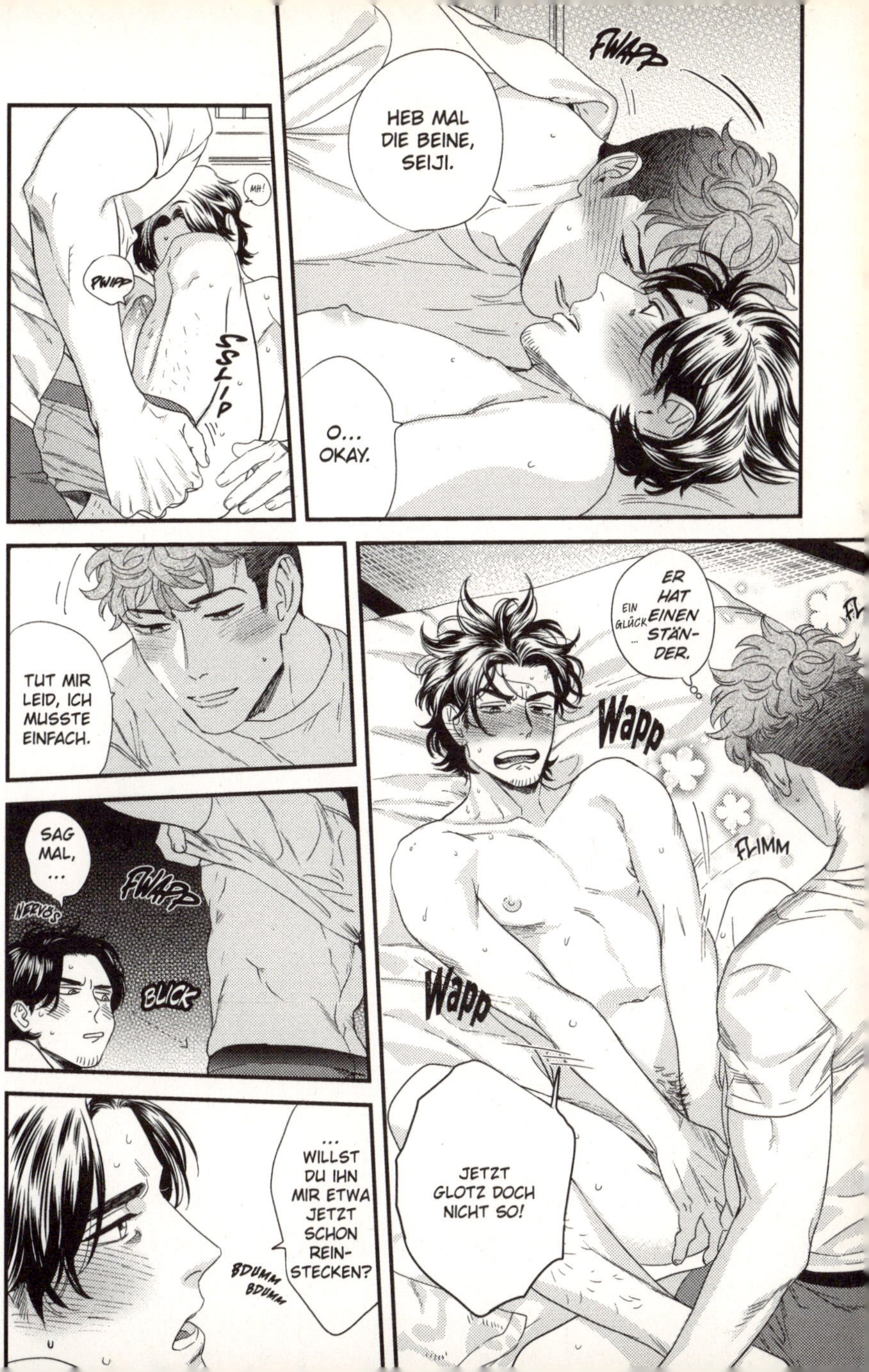
FWAPP
HEB MAL DIE BEINE, SEIJI.
O... OKAY.
MH!
PWIPP
GSLIP
TUT MIR LEID, ICH MUSSTE EINFACH.
SAG MAL, ...
FWAPP
NERVÖS
BLICK
... WILLST DU IHN MIR ETWA JETZT SCHON REIN-STECKEN?
BDUMM BDUMM
ER HAT EINEN STÄN-DER.
EIN GLÜCK ...
Wapp
FLIMM
Wapp
JETZT GLOTZ DOCH NICHT SO!

NEIN, ALSO IM INTERNET STAND, DASS MAN DEN PO VORHER GRÜNDLICH AUFLOCKERN SOLL.
PADAMM
DAS GLAUB ICH GERN!
OKAY ... DANN LOCKER MICH NUR SCHÖN AUF, ...
... DAMIT ER MIR BLOSS NICHT AUFREISST.
WARUM MUSST DU IMMER GLEICH DAMIT KOMMEN?
...
BIBBER
BIBBER
BIBBER
BIBBER
ICH WERD MIR SCHON IRGENDWAS EINFALLEN LASSEN.
SCHFF
BWWNN
IRGENDWAS? UND WAS GENAU, DU WITZBOLD?
GLUBB
KLACK
PLITT
ZUCK
UWAH!
HA
HAH
HAH
HA HA
HIHI! DAS IST KALT!
SCHLK
GLTSCH

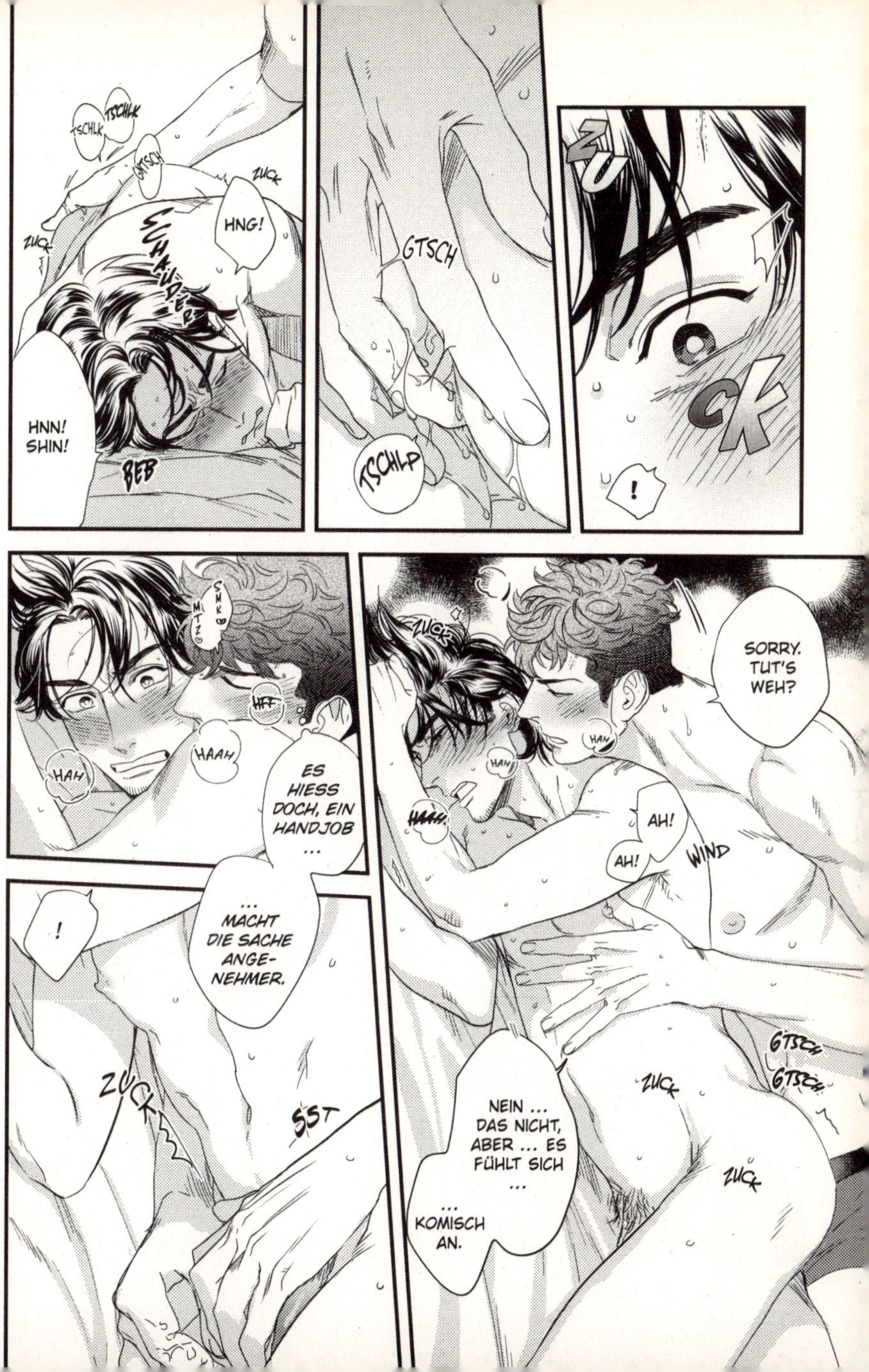
ZU
CK
!
GTSCH
TSCHLP
TSCHLK
TSCHLK
GTSCH
ZUCK
HNG!
ZUCK
SCHAUDER
HNN! SHIN!
BEB
SORRY. TUT'S WEH?
ZUCK
HAH
HAH
HAAH
AH!
AH!
WIND
GTSCH
GTSCH
ZUCK
ZUCK
NEIN ... DAS NICHT, ABER ... ES FÜHLT SICH ...
... KOMISCH AN.
SMK
MTZ
HFF
HAAH
HAH
ES HIESS DOCH, EIN HANDJOB ...
... MACHT DIE SACHE ANGENEHMER.
!
ZUCK
SST

TSCHLP
TSCHLP
HAH!
AAH!
HANH!
ZUCK
ZUCK
HAAH!
UAH!
FTSCH
FTSCH
ICH NEHM …
… NOCH EINEN FINGER DAZU. SAG, FALLS ES WEHTUT, OKAY?
HFF
HÄ …?
HAH
TSSCHUPP
HFF
FLTSCH
FLTSCH
FLTSCH
GNGNN
AAH!
HNNG!
AH!
GLTSCH
GTSCH
GTSCH
AAH! NI… NICHT!
TSCHLK
TSCHLK
WOW, JETZT SIND DREI DRIN.
SCHAUDER
AAH!
AH!
AH!
HAH
HAH
HAH
HAAH
ES HAT SICH GELOCKERT.
GNTSCH
Zuck
ZUCK
SHI…
SHIIIN!
GNTSCH
Zuck
ZUCK
AH!
MEIN PO …
FLTSCH
GNGNN
GNGNN
TSCHPP
FLTSCH
FLTSCH
TSCHLP
TSCHLP

ICH GLAUBE, ER IST BEREIT.
HFF
HFF
TSSCH
MH!
LUPP
SWT
HAH
SEIJI, ...
BDUMM
BDUMM
KNIRZ
... DARF ICH IHN REIN-STECKEN?
BODUM
BODUM
JA.
ZUCK
SWT

ABER SEI ZÄRTLICH, KLAR?
LÄCHEL
IST GUT.
MH!
ES KOMMT MIR WIE EIN TRAUM VOR.
KNIRZ
HAH!
AH!
AH!
GNRZ
!
ICH DACHTE, ...
SSST
GNN
AH!
... ICH WÜRDE IHN NIEMALS FÜR MICH HABEN.
AH!
AH!
HAH
HAH
SHI...
...N!
GNRZ
GNRZ

ICH DACHTE, DIE LIEBE ZU MEINEM GANZ BESONDEREN POLIZISTEN ...
... WÜRDE SICH NIEMALS ERFÜLLEN.
WPP
HNNF ...
AU!
UUH! SHIN!
WPP
ICH WAR DAVON ÜBERZEUGT, NIE WIEDER ERLEBEN ZU DÜRFEN, ...
HAH ... SORRY, ...
ICH SCHIEB IHN NOCH EIN STÜCK WEITER REIN.
GNN
HAH
WPP
HFF
... WIE ER MEINEN NAMEN RUFT, BLÖDE WITZE REISST ...
... UND MICH ANLÄCHELT.
SHI...
SHIN!
HAH
TSCHUPP
GTSCH
!
HA?!
HAH

SCHNIFF
AH! HAH ... BI... BISSU DRIN?
HAH
HAAH
HAAH
HAH
HAH
JA, BIN ICH.
KANNST DU ETWAS LOCKER LASSEN, SEIJI?
ZUCK
ZUCK
GGNNN
UWAH! NO... NOCH NICHT!
HAH
HAH
BE... BEWEG DICH NOCH ... ... NICHT!
HAH
ZITTER
ZITTER
AAH!
OKAY, IST GUT.
HNGF!
HAH
HFF
HFF
UUH ... IST AUCH NICHTS GERISSEN?
ICH ... GLAUB NICHT.
SIEH NACHHER NACH.
BWWNN
OKAY.
...
HIBBEL
HIBBEL
HFF
HFF
FUUH
HFF
HFF
FUUH
HFF
HFF
WIEDER WARTEN ...

SHIN.
SORRY, IST SICHER NICHT LEICHT STILLZUHALTEN.
KNIRZ
DU KANNST DICH GANZ LANGSAM BEWEGEN.
OKAY.
!
GTSCH
AH!
ZUCK
AH!
HAAH!
GNN
WPP
AAH!
AH!
WPP
SEIJI!
WPP
TSCHPP
FTSCH FTSCH
HAH!
SEI...
...JI!
AH!
HNG!
ZUCK
UH!
ZUCK
SHI...N!
SHIN!
WPP
WPP
AH!
ANG!
HAH
HAH

AH!
DA... DAS RIESEN-DING IST IN MIR.
AAH!
TSCHUPP TSCHUPP
GNN GNN
FTSCH
SHIN IST IN MIR.
HAAH!
AH!
FTSCH
ICH HAB ECHT SEX MIT SHIN.
HAH
HAH
SEIJI ...
SEIJI, ...
... ICH LIEBE DICH ...
WIE ER SCHAUT ...
... SCHON SO, ...
... SO LANGE.

WPP WPP
SEIJI, ...
HAH
HAH
HAH
... ICH LIEBE DICH.
SMK
SCHAUDER
BEB
ZUCK
AH?!
AH!
ICH LIEBE DICH!
BEB
AH!
HAH!
AAH ...
ZUCK
SHIN ...
AN DEM DIENSTORT, DEM ICH ZUGEWIESEN WURDE, ...
... TRAF ICH ZUFÄLLIG DEN MANN WIEDER, DEN ICH SO SEHR LIEBTE.

ER WAR …
… ETWAS ÄLTER GEWORDEN, …
… DOCH SONST HATTE ER SICH KAUM VERÄNDERT.
ER RIEF MEINEN NAMEN, …
… MACHTE EINEN BLÖDEN WITZ UND LÄCHELTE MICH AN.

BWWNN
FWSSSCH
Z Z Z
Z Z Z
ES WAR KEIN TRAUM.
FWSSSCH
Z Z Z Z Z Z
SCHMIEG SCHMIEG
MMH, KOMM, SCHLAF SCHÖN.
MTZ
WIE SOLL ICH DENN DA SCHLAFEN?
BRUMM BRUMM BRUMM
SCHNURCH
MMMH.
RUCK

KAUFLADEN TAJIMA
ZIRP
ZIRP
ZIRP
ZIRP
ZIIIRP
Schwei
Schwei
QUIETSCH
ZIIIRP
ZIIIRP
ZIRP
schlurf
ZIRP
ZIRP
ZIIIRP
TUPP
FIIIEP FIÜÜIEP FUIIIIEP TSCHAKA SCHAKA TSCHANG KATSCHING
BWOFF
FCHHHHH
FIÜÜIIIEP FIEP FIÜIIEP TSCHAKA TSCHAKA
FCHHHHH
WAS SOLL DER KRACH?
BUSCHIG WIE EINE FLASCHEN-BÜRSTE.
STUPPS STUPPS
TIRING TIRING

ZUCK
SCHWEEEL FLIRR
TIRING
SCHWEL
KNISTER
ZIIIRP
HALLO.
ZIRP
ZIRP
ZIIIRP
ZIRP
ZIRP
ZIIIRP
ZIRP
SIEH AN.
ZIRP
ZIRP
ZIIIIRP
ZIRP
ZIRP
FWIPP

WILL-
KOMMEN,
...
...
HERR
POLIZIST.
UND?
KAUM
WIEDER
IM DIENST
UND SCHON
MACHST
DU BLAU?

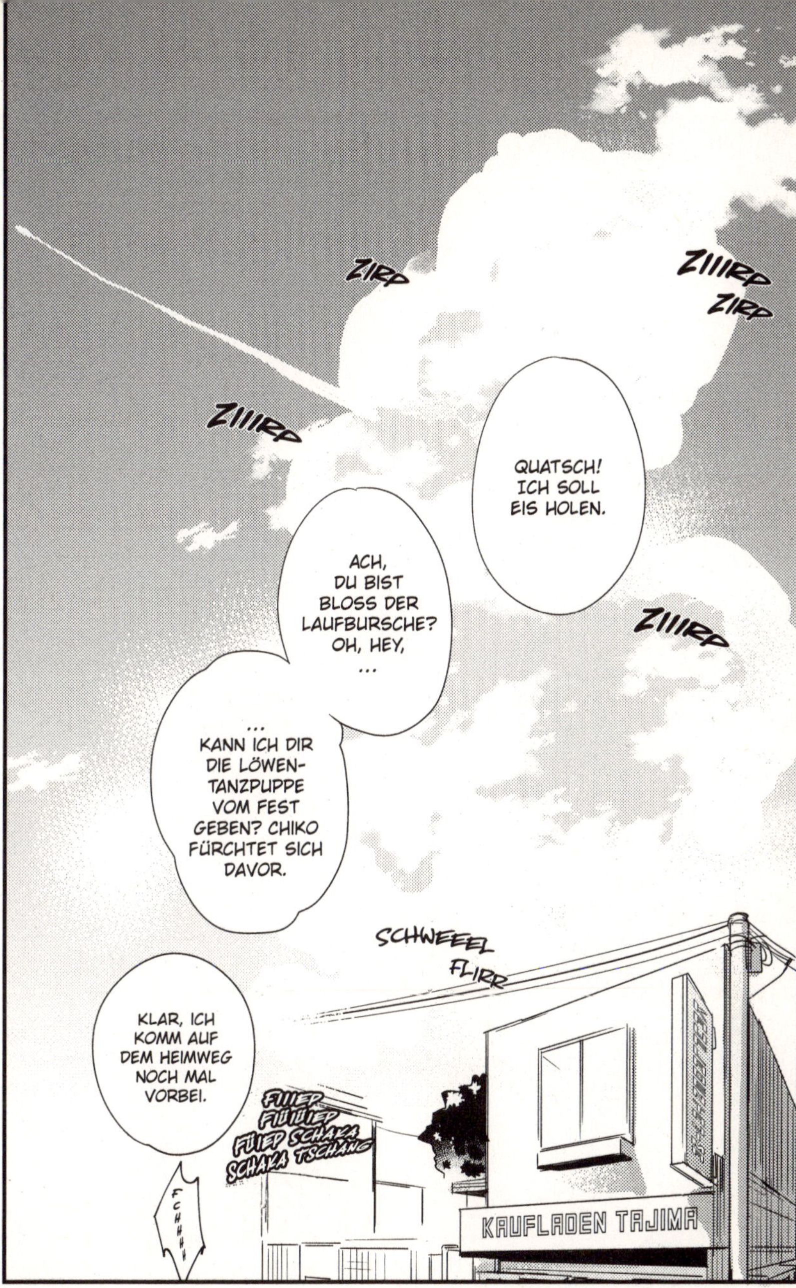
ZIIIRP
ZIRP
ZIRP
ZIIIRP
QUATSCH! ICH SOLL EIS HOLEN.
ACH, DU BIST BLOSS DER LAUFBURSCHE? OH, HEY, ...
ZIIIRP
... KANN ICH DIR DIE LÖWEN-TANZPUPPE VOM FEST GEBEN? CHIKO FÜRCHTET SICH DAVOR.
SCHWEEEL
FLIRR
KAUFLADEN TAJIMA
FIIIEP FIIIIIEP FIIIEP SCHAKA SCHAKA TSCHÄNG
KLAR, ICH KOMM AUF DEM HEIMWEG NOCH MAL VORBEI.
FCHHHH

ENDE

BONUS KAPITEL
FSSSSSCH
SWFF
PLOFF
PUUUH
DING DONG

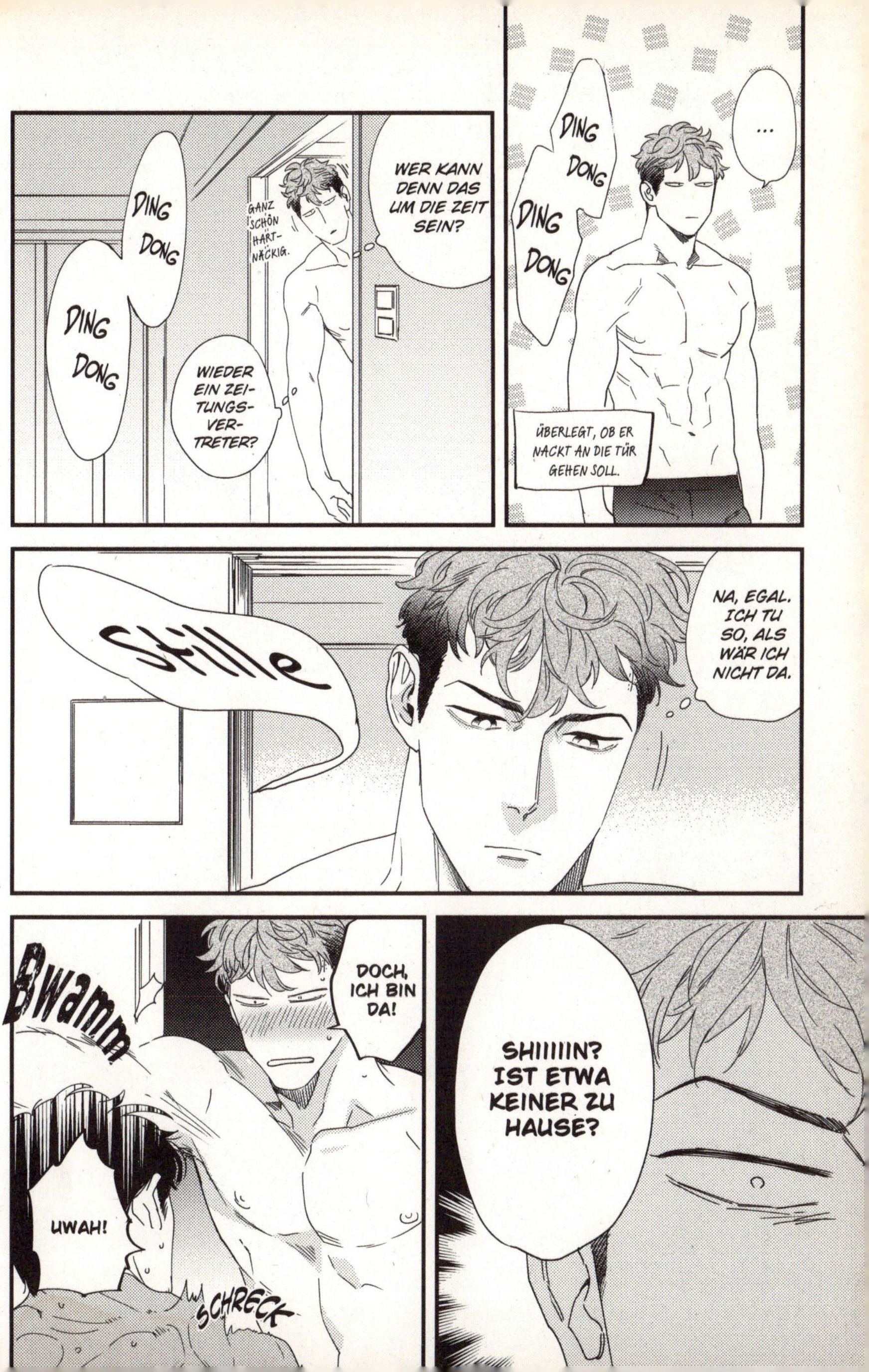
DING DONG DING DONG
...
ÜBERLEGT, OB ER NACKT AN DIE TÜR GEHEN SOLL.
DING DONG
DING DONG
WER KANN DENN DAS UM DIE ZEIT SEIN?
GANZ SCHÖN HART-NÄCKIG.
WIEDER EIN ZEI-TUNGS-VER-TRETER?
NA, EGAL. ICH TU SO, ALS WÄR ICH NICHT DA.
Stille
SHIIIIIN? IST ETWA KEINER ZU HAUSE?
DOCH, ICH BIN DA!
Bwamm
UWAH!
SCHRECK

BDUMM
BDUMM
Hast du mich erschreckt! Du bist ja doch zu Hause!
BDUMM
Tut mir leid.
Sag mal, ...
... wieso bist du denn nackt?
Ich wollte gerade duschen.
Sorry, dass ich so plötzlich reinschneie.
Ich war beim Friseur und im Badehaus ...
... und dann hat's auf dem Heimweg auf einmal angefangen zu schütten.
Zu dir war's nicht weit, also bin ich hierher geflüchtet.
Sein Nacken ist zu sehen.
Ich bring dir ein Handtuch.
Und zieh dich aus. Ich wasch deine Sachen.
Ja, danke.

DU KANNST DIR NACHHER EINFACH WELCHE VON MEINEN KLAMOTTEN NEHMEN.
MACH ICH!
OHO!
DAS RIESENBETT FIND ICH JEDES MAL WIEDER ERSTAUNLICH.
SO GROSS ZU SEIN, IST AUCH NICHT DAS WAHRE.
HAHAHA

WÄSCHT ER DIE ETWA SELBER? BEWUNDERNSWERT!
TJA, ICH SCHÄTZE MAL, WENN SIE IN DER REINIGUNG ABHANDEN KÄME, WÄR DAS AUCH NICHT LUSTIG.
...
FSSSCH

ICH MÜSSTE AUCH LANGSAM MAL ZUM FRISEUR.
SEIJI HAT SICH JA GANZ SCHÖN VIEL AB-SCHNEIDEN LASSEN.
ZER-ZAUSTES HAAR
HAH
HAH
SCHWEISS-NASS IM GESICHT KLEBEND
MMH
MMH
JOSCH
DIE LAN-GEN HAARE WAREN ABER AUCH NICHT ÜBEL.
...
GROAAAAE
SHIN GODZILLA
ERST MAL WIEDER RUNTER-KOMMEN, BEVOR ICH RAUSGEHE ...
FSSSCH
(KALTES WASSER)
ABER ...
... MIT DEN KURZEN HAAREN ERINNERT ER MICH AN FRÜHER.
KAKLANK
FRSCH
FRSCH
OH, ...
... SHIN.

KANN ICH MIR WAS ZU TRINKEN NEHMEN?
JA, KLAR, ...
KAKLONK
... BEDIEN ...
... DICH.
GLUCK GLUCK
GLUCKER
DANKE.
?!

S... SEIJI ... W... WAS HAST DU DENN DA AN?
HM?
AH HAAH...
OH, TUT MIR LEID, ABER DIE UNIFORM HAT ALLERLEI ERINNERUNGEN GEWECKT.
DA MUSSTE ICH MAL REINSCHLÜPFEN.
ZUPP
Grins
WIE FINDEST DU'S? STEHT MIR DOCH ...
FUNKEL
... IMMER NOCH GANZ GUT, ODER NICHT?
FUNKEL
SCHLABBER
STARR
ABER DEINE UNIFORM IST MIR ECHT VIEL ZU GROSS.
SCHLABBER
MEIN FREUND IM BOYFRIEND-SHIRT!
OH, ICH ZIEH SIE LIEBER WIEDER AUS, BEVOR ICH SIE DRECKIG MACHE.
LEIHST DU MIR EIN T-SHIRT?

WAPP
!
ROFF
BEHALT SIE NOCH EIN WENIG AN.
HÄ?
HEY, SO KANN ICH MICH DOCH NICHT AUS-ZIEHEN.
MH!
RUCK

GNRZ
MH!
!
MTZ
SMAK!
SMK
HFF
TSCHLK
HFF
GNRZ
WIND
MH!
HAH!
HNG!
MMH!
ZUCK
MH!
HNFF!
KNBB
KNBB
WAS HAT IHN AUF EINMAL SO ANGE-TURNT?
RUBB
RUBB
ZUCK
!
OH, ETWA ...
ZUCK
HAH
ZUCK
FRSCH

... DIE UNI-FORM?!
STEHT ER AUF ROLLEN-SPIELE?!
WRZZ
HAAH!
HAAH!
WRZZ
HEY, HEY, HEY, HEY, HEY!
HAST DU SIE NOCH ALLE?
KOMM DA WIEDER RAUS!
PWATSCH
AU!
MANN, DENK AN DEINE UNI-FORM!
HFF
GNRZ
HFF
DIE WIRD DOCH DRECKIG!
RUCK
DIE KANN MAN JEDER-ZEIT WIEDER WASCHEN.
HAH
KRK
KLACK
SHIN! VERDAMMT NOCH MAL!
SCHWUPP
GNN

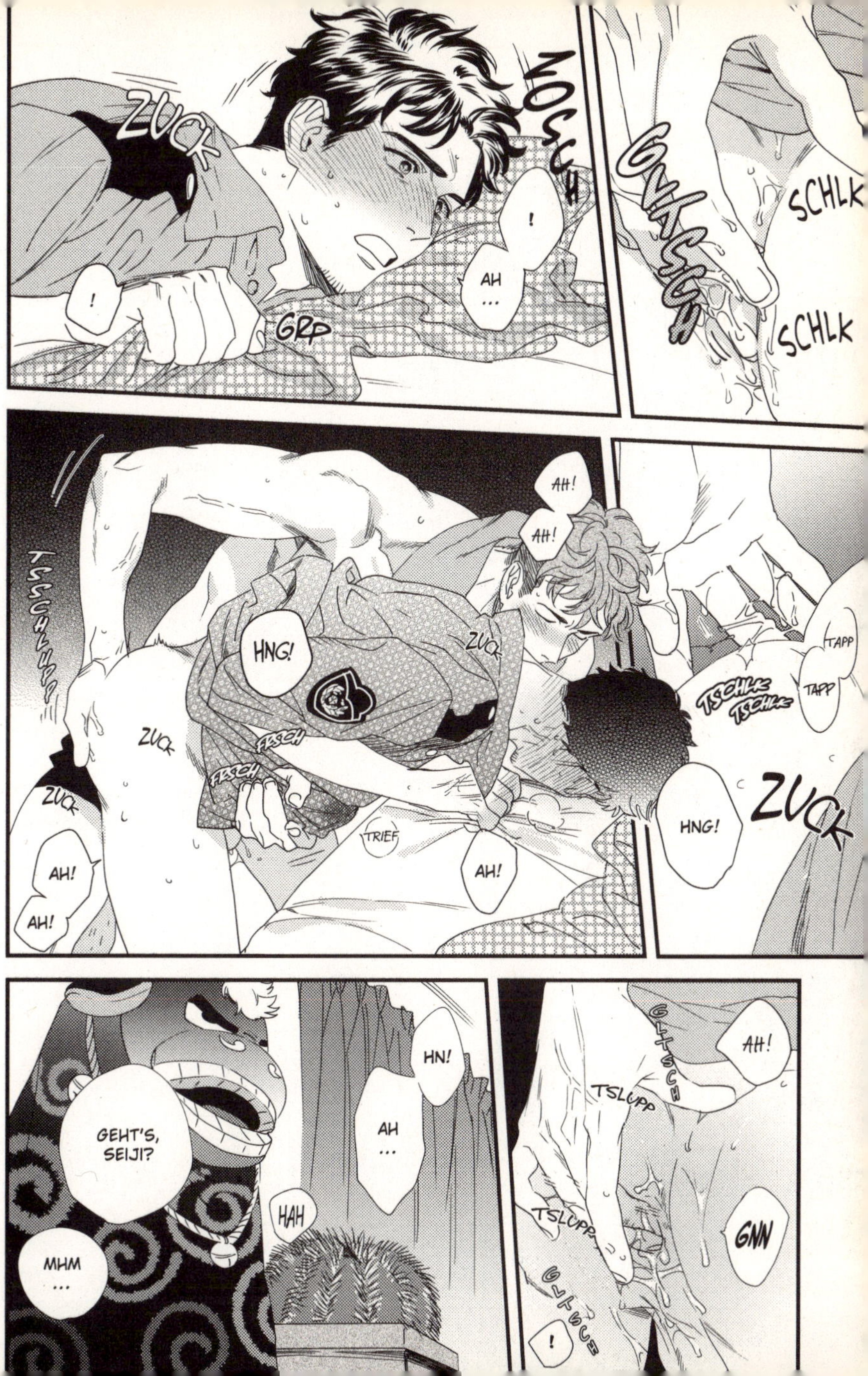

SCHLK
SCHLK
ZUCK
!
AH ...
!
GRP
TAPP
TAPP
TSCHLK TSCHLK
ZUCK
HNG!
AH!
AH!
HNG!
ZUCK
ZUCK
ZUCK
TRIEF
AH!
AH!
AH!
AH!
TSLUPP
TSLUPP
GNN
!
HN!
AH ...
HAH
GEHT'S, SEIJI?
MHM ...

HAH
HAH
SLIPP
ZUCK
GRP
JETZT KOMMT'S.
BDUMM
HN!
BDUMM
BDUMM
AAH!
AH
HFF
HFF
TSCHUPP
HAH
HAAH
HAH
GUAH
HAH!
HNNNG!
ZUCK
ZUCK
GNRZ
GRRRP
UAAH!
SHIN!
SPRITZ
TSCHLP
TSCHLP
SCHLPP
HAH

GNRZ
HAH
HAAH
FWAMP
GNRZ
AH!
AH!
FWAMP
HFF
HFF
HNG!
AH!
UH!
FWAMP
WIPP
SHIN ...! M... MACH ... ... ETWAS ... LANG-SAMER. AH!
WIPP
FWAMP
UND ... MIR BRENNEN DIE KNIE.
HAH!
AH!
FWAMP
AUF DEM BETT WÄR'S BESSER.
KNIRK
KNIRK
HN!
WEISST DU, DEIN SEIJI IST NICHT MEHR DER JÜNGSTE.
DA MUSS MAN VORSICHTIG MIT DEM KÖRPER SEIN.
UH!
UFF ...
E...
ENT-SCHULDIGE!
MACHEN WIR AUF DEM BETT WEITER.
DEINE KNIE SIND GANZ ROT. TUT'S WEH?
GNRZ
NEIN, ES GEHT SCHON. ABER DANKE.
TSCHUPP
!
AH!
HAH
HAAH
BLÖD... MANN!
AH!
PATSCH
ZITTER
ZUCK
AAAH ...!
ZUCK

GNRZ
HAH!
AH!
GNRZ
FRSCH
MH!
HAH
HAH
GNRZ
...
GNRZ
AH!
WPP
ICH HAB ÜBERLEGT, WIE LANGE ICH DICH SCHON NICHT MEHR IN UNIFORM GESEHEN HABE.
HAH
HAH
WPP
GNRZ
„IN UNIFORM" KANN MAN DAS JETZT ABER NICHT GRADE NENNEN.
GNRZ
GNRZ
WAS ... HAST DU?
HAH
GNRZ
HAH
SAG MAL ... STEHST DU ETWA ... AUF KOSTÜM-SPIELE?
GNRZ
HAH!
QUATSCH! ICH DACHTE BLOSS, ...
... DASS ICH GERNE MAL MIT DIR ZUSAM-MEN...
AH!
HAH!
GNRZ
...GE-ARBEI-TET HÄTTE.
HNG!
HN!
GNRZ
AH!
SMK MTZ
BEB
AH!
GNRZ
HAH
BLÖD...
...MANN!
WIR ... HÄTTEN DOCH AUCH AUF VER-SCHIEDENEN ...
GNRZ
HANH!
GTSCH
HAH!
AH!
AH!
GNRZ
GTSCH
GNRZ
... DIENST-STELLEN LANDEN KÖNNEN ... AH!
AH!
UAH!
ZUCK
ZUCK
TRIEF
HAH!
AH!

UND … ALS POLIZISTEN HÄTTEN WIR BEIDE … SO VIEL ZU TUN, …
… DASS WIR GAR NICHT ZU SO WAS HIER KÄMEN.
ZING
HURCH
HNNN …
AH?!
HNF!
HNF!
GNRZ
AH! SHIN!
AH!
N… NICHT SO WILD …
HRK!
HIEK!
HNF!
GNRZ
PTA
PTA
AH!
AH!
GNRZ
GNRZ
SCHRECK
DOMM DODOMM FÜIIIIEP
TSCHANG TSCHAKA DODOMM DODOMM
HA…
HAB ICH MICH ERSCHRECKT.
HA-HAHA! HIHI HIHI!
DAS HAST DU JETZT VON DEINER WILDEN RAMMELEI!
HEY, WARTE, WAS … AH!
AAAH!
GNRZ
TSCHANG TSCHAKA DOMM DOMM

Nachwort

Vielen Dank, dass ihr „My Pretty Policeman 01" gelesen habt! Diese Geschichte ist ein Spin-off zu meinem Manga „Mujaki na Wanko to Nekokaburi" und enthält lauter Zutaten, auf die ich persönlich total abfahre, wie Uniformen, ein ungleich großes Paar, einen Mann mittleren Alters und eine langjährige unerfüllte Lieb (plus ein Kätzchen).

Am Ende haben die beiden es ja geschafft, dass weder Seijis Hintern entzweiging noch Shins bestes Stück abgeknickt ist. Ich entschuldige mich dafür, dass ich sowohl Shin als auch euch so lange mit dem Sex hingehalten habe. Aber ich mag nun mal die Idee von Belohnungssex.

Ich wünsche euch auch noch viel Vergnügen mit den nächsten Bonusseiten!

Niyama

* In Deutschland noch nicht erschienen.

DING
DING
FSSSSCH
SEIT DEM TOD MEINER MUTTER IST EIN HALBES JAHR VERGANGEN.
INZWISCHEN HABE ICH MICH AN DAS STILLE LEBEN GEWÖHNT.
DA ICH MIT DER PFLEGE MEINER MUTTER VIEL ZU TUN HATTE, …
… HATTE ICH AUCH LANGE KEINE ZEIT FÜR DIE LIEBE.
37 JAHRE
ES WÄRE SCHÖN, JEMANDEN ZUM REDEN ZU HABEN.
HM?
UWAH!
EIN UNBEFUGTER EINDRINGLING!
MIEZEKATZ
WIE BIST DU DENN REINGEKOMMEN?!
OH MANN, SIEH SICH EINER DEN DRECK AN!
MAUZ
GLITSCH
TRIEF
MAUZ

MIEZ
MIEZ
MIEZ
WO IST DEINE MAMA? DU HAST GAR KEIN HALSBAND. BIST DU EINE STREUNE-RIN?
MIEZ
MAUZ
ZIPPT
ZIPPT
MAUZ
OOOCH, NA GUT! WENN DU MÖCHTEST, KANNST DU DEN REGEN HIER AB-WARTEN.
UND WENN DU GEHEN WILLST, KANNST DU GEHEN, OKAY?
DU KANNST ABER GERNE AUCH FÜR IMMER HIER-BLEIBEN!
MIAUZ!
MIAUZ!
UND SO WAREN WIR PLÖTZLICH ZU ZWEIT.
Drei Jahre später
CHIKO.
FWIPP
SHIN.
MH?
NEUER-DINGS HAB ICH AUCH EINEN GROSSEN HUND ...
LASS UNS DIE MELONE SCHNEI-DEN!
UND CHIKO KRIEGT EIN LECKERLI.
WILLST DU BEI MIR EIN-ZIEHEN?
ICH HÄTTE NOCH PLATZ.
!
... UND JEDER TAG BRINGT GUTE LAUNE.

my pretty policeman

BOKU NO OMAWARISAN Volume 1

First published in Japan in 2017 by Takeshobo Co., Ltd.
German translation rights arranged with Takeshobo Co., Ltd.
through Tuttle-Mori Agency, Inc., Tokyo.

Verlegt unter dem Label KAZÉ MANGA
durch Crunchyroll SA

Aus dem Japanischen von Martin Bachernegg

Redaktion: Katharina Altreuther
Herstellung: Sonja Lesch
Lettering: Studio Charon
Druck und Bindung: GGP Media GmbH, Pößneck

ISBN 978-2-88921-392-4

BOYS LOVE

Der Klang meines Herzens

Flitte…

Auch als E-Book erhältlich!

Hörst du meine zarte Saite?

Kemeko Tokoro

Um für ihre Liebe einzustehen und sich eine gemeinsame Zukunft zu schaffen, mussten Yuki und Takuma gegen üble Vorurteile ankämpfen. Die beiden können ihr Glück immer noch nicht fassen, all das überwunden zu haben. Im Epilog ihrer Liebesgeschichte zeigt sich nun, dass auch der gemeinsame Alltag neue Herausforderungen mit sich bringt.